KB138353

중딩의 계절

중딩의 계절

초판 1쇄 인쇄_ 2023년 02월 10일 | 초판 1쇄 발행_ 2023년 02월 15일
지은이_내구동중학교 '나도 작가' 책쓰기반 | 엮은이_김다정
펴낸이_진성옥 외 1인 | 펴낸곳_꿈과희망 | 디자인·편집_박경주
주소_서울시 용산구 한강대로 76길 11-12 5층 501호
전화_02)2681-2832 | 팩스_02)943-0935 | 출판등록_제2016-000036호
E-mail_ jinsungok@empas.com
ISBN_979-11-6186-132-6 43810
※ 책 값은 뒤표지에 있습니다.
※ 새론북스는 도서출판 꿈과희망의 계열사입니다.
ⓒPrinted in Korea. | ※ 잘못된 책은 바꾸어 드립니다.

2023 대구광역시교육청 책쓰기 프로젝트

중딩의 계절

봄·여름·가을·겨울 모든 순간,
치열하게 그리고 아름답게 성장하고 있는
중학생들의 일상과 감성 기록

대구동중 '나도 작가' 책쓰기반 지음
김다정 엮음

꿈과희망

유난히도 비가 많이 왔던 2022년의 여름. 태풍과 긴 무더위를 뒤로하고 스치듯 짧게 지나간 가을을 보내고 나니 어느새 한 해를 마무리하는 계절 겨울입니다. 좀처럼 눈을 만나기 힘든 지역인데 잠깐이지만 2번이나 눈이 내린 올해 겨울에는 왠지 특별하고 기분 좋은 일이 생길 것 같습니다.

1년 365일. 하루-일주일-한 학기가 참 바쁘게 지나갑니다. 아름다움을 미처 만끽하기도 전 지나가 버린 계절처럼 요즘 중학생도 참 바쁩니다. 중간·기말고사가 휘몰아치고 학교를 마치고 학원을 다녀오면 과목별 수행 평가 준비와 학원 과제가 기다립니다. 한숨 돌릴 틈 없는 일상은 방학에도 마찬가지입니다. 무언가를 제시하고 함께하기가 미안할 만큼 지쳐 보일 때도 있습니다. 그래서 스스로 책쓰기반에 참여를 희망한 친구들이 고맙고 대견합니다.

서로 얼굴 익히기에도 부족한 시간. 한 학기에 2번 남짓한 동아리 활동 일을 쪼개어 글을 쓰며 짧지만 의미 있는 시간을 보냈습니다. 자주 얼굴을 마주하기가 힘들었기에 온라인을 통해 틈틈이 소통하기도 했습니다. 그리고 그 작은 결과물들을 이렇게 묶어 냈습니다.

　아이들과 처음 만났던 봄. 주제를 고민했었습니다. '학교', '사랑', '자서전', '우정', 등 다양한 주제가 쏟아져 나왔습니다. 그러다 이러한 내용들을 아우를 수 있는 큰 주제를 잡기로 했습니다. 쓰고 싶은 글들은 우리 삶 속의 어느 순간이고, 이를 담고 연결할 수 있는 것은 계절이라 생각했습니다. 되풀이되는 단순한 자연현상 날씨로 구분한 계절이 아니라 사랑하는 순간과 추억·꿈이 담긴 계절. 그렇다면 조금 더 오래 기억할 수 있지 않을까요.

　그리하여 아이들의 글 속에는 중학교 시절 아름다웠던 사시사철의 한순간이 담겨 있습니다. 만족스러운 부분도 있지만 아쉬운 부분이 더 많기도 한 글들입니다. 하지만 바쁜 학생들이 성적이나 평가에 들어가지 않는 글쓰기로 이렇게 스스로의 이야기를 담고 상상을 풀어낸 것 자체가 의미 있다고 생각합니다. 그렇기에 문학적 가치나 완성도에 대한 평가는 잠시 내려두고 도전 자체에 아낌없는 칭찬과 격려를 보냅니다.

　봄·여름·가을·겨울. 어느 한 계절이 없다면 1년은 완벽할 수 없습니다. 아이들의 학창 시절도 마찬가지입니다. 하루가 모여 일주일이 되고 1년이 되었으며 3년이라는 중학생 시절 추억 꾸러미가 되었습니다. 그 안에 우리가 함께 책을 쓴 순간도 작지만 소중하게 자리 잡기를 바랍니다. 책을 쓴 친구들과 읽어주시는 분들 모두 감사합니다. 여러분의 모든 계절·모든 순간을 응원합니다.

2022년 겨울.
눈사람이 보이는 도서관 창가에서
지도교사 김다정

차례

김다정　책머리에　　　　　　　　　　　　　　　5

곽나현　겨울, 봄을 시작하는 시간　　　　　　　11

곽다현　새로움의 시작, 봄　　　　　　　　　　25

김지윤　다시, 고양이　　　　　　　　　　　　39

박종환　중학생의 봄, 여름 그리고 가을　　　　51

윤서윤　계절의 향기　　　　　　　　　　　　63

이은율　열여섯의 계절　　　　　　　　　　　103

이재준　사계절은 지나간다　　　　　　　　　113

이지연　여름, 그리고 우리　　　　　　　　　129

허태윤　겨울을 향해서　　　　　　　　　　　155

겨울,
봄을 시작하는
시간

'나도 작가' 책쓰기반 - 곽나현

작가명 : 곽나현

나이 : 16세

나의 오랜 시절 꿈은? : 행복한 사람

　　　(대기업에 다니며 안정된 환경에서 여가를 즐기는 사람)

나의 취미 : 드라마 시청

내가 좋아하는 가수 : 아이들 미연

처음 중학생 시절을 보내고 있는(보낼) 당신에게 :

초등학교 6년이 길었지? 중학교 3년도 처음에는 길게
느껴질 수도 있지만 친구들과 추억 만들고 시험 몇 번
치다 보면 정말 빠르게 지나갈 거야. 그리고 정말
소중한 시간이란다. 너의 짧고 굵지만 행복한 중학교
생활을 응원해. 화이팅!

1. 초겨울

어느 초겨울 날.

중3인 초연이는 기말고사를 모두 끝냈다. 중3 때는 정말이지 중간-기말-중간-기말. 그 사이 사이 수행 평가의 연속이었다.

내신 성적이 모두 정리되어 원서를 쓰기 위해 여러 고등학교에 대한 조사를 했지만 가고 싶은 고등학교를 여전히 정할 수 없었다. 고등학교 진학에 대한 기대보다는 고등학교의 치열한 경쟁 속에서 버틸 수 있을지에 대한 걱정이 더 앞섰다.

어느 순간부터 모의고사를 치면 항상 너무 어렵고 채점한 후에 남는 것은 절망과 뒤처진다는 걱정뿐, 이런 상황에서 초연이에게 고등학교 진학이란 피하고 싶지만 피할 수 없는 것이다. 아니, 초연이 뿐만 아니라 모든 중3이 그럴 것이다.

드디어 시간이 지나고 원서를 쓰는 날.

결국 고민하던 초연이는 친구들이 진학을 많이 희망하는 새론고등학교를 1지망으로, 2지망에는 언니인 서연이가 다니는 소림고등학교로 채워 넣었다. 이제 원서는 손을 떠났으니 어느 곳이 되든 상관없다. 이제 초연이가 할 수 있는 것은 남은 중학교 3학년을 즐기고 고등학교 진학을 준비하는 것뿐.

중학교 시절 마지막 겨울. 추억을 많이 만들며 잘 마무리하는 것. 고등학교가 정말 봄날인지는 모르지만 그래도 다가올 봄을 기다리며 말이다.

2. 졸업여행을 떠나다

드디어 이번 주다.

초연이는 졸업여행으로 제주도 여행을 간다. 처음으로 친구들과 여행을 떠나는 것이라 나름대로 어떻게 놀면 후회 없을지 여러 계획도 세우고 인생 사진을 위한 예쁜 옷도 준비했다.

졸업여행을 가는 날 아침.

설레는 마음으로 일찍 집을 나섰다. 버스정류장에서 만난 친구 연화, 서율, 정현이와 공항으로 가는 버스를 탔다. 버스에는 4명이서 나란히 앉을 자리가 없어 초연이와 서율이 같이 앉고 그 뒷자리에 연화와 정현이가 앉았다. 공항까지는 제법 시간이 걸려 우리는 졸업여행에 대해 수다를 나누기 시작했다. 무엇보다 가장 화제인 2인 1

실이라는 숙소 배정에 대해 이야기가 나왔다. 일생일대의 졸업여행이니만큼 담임 선생님은 학생들에게 자율권을 주셨다. 연화는 서율이와 같이 방을 쓰고 싶어 했고, 초연이도 마찬가지로 서율이와 같이 방을 쓰고 싶어 했다. (넷은 모두 친하지만 그래도 서율이가 조금 더 인기가 많다.)

나름의 공평한 방식인 가위바위보로 정한 숙소 배정 결과는 연화와 서율이가 같은 방. 초연이는 정현이와 같은 방을 쓰게 되었다. 사실 초연이는 살짝 실망했지만 정현이가 알면 상처 받을까 봐 티를 내지는 못했다. 사실 정현이와는 평소 가끔 의견이 맞지 않을 때도 있다. 그런데 이번에도 마찬가지였다. 여행 계획을 공유하는 도중에 의견 차이가 생긴 것이다.

그 일은 우리가 비행기를 타고 나서 여행 계획을 구체적으로 짜며 시작되었다. 초연이는 밤에 선생님들 몰래 서율이와 연화의 방에 찾아가고 싶었지만, 반듯한 원칙주의자인 정현이는 이야기를 듣자마자 반대했다. 제주도에 도착하기 전까지 몇 번이나 정현이를 설득하기 위해 노력해 보았지만 정현이 고집을 꺾기에는 역부족이었다. 비행기에서 내릴 때가 되자 초연이는 맘이 상했다. 그리고는 포기하고 혼자 살짝 서율이와 연화의 방을 찾아 가기로 마음속으로 결정했다. 혹시나 마음이 바뀔까 여행 일정을 소화하는 동안 정현이에게 속상한 티도 내보고 심술도 부려봤지만 정현이는 신경도 쓰지 않았다. 그렇다면 어쩔 수 없는 노릇.

밤이 되자 초연이는 정현이가 잠든 것을 확인하고 혹여나 깰까 봐 까치발을 들었다. 복도 문을 살짝 열어 보니 다행히 여학생들이라 이

탈하거나 사고를 치는 학생들이 거의 없어 선생님들의 지도도 느슨해진 것 같았다. 조심조심 연화와 서율이가 있는 옆방으로 향했다. 옆방에 이르기까지 얼마 되지 않는 거리였지만 다른 층에 계신 선생님이 올라오실까 맘 졸이며 걸으니 그 짧은 거리가 10배는 길게 느껴졌다.

다행히 초연이는 선생님과 정현이를 피해 연화와 서율이가 있는 옆방에 도달하였다. 하지만 또 다른 난관이 기다리고 있었다. 문을 두드리거나 초인종을 누르면 소리가 나서 선생님들에게 걸릴 수도 있다. 그럼 핸드폰으로 연화나 서율이에게 연락하면 되지만 하필이면 복도 상황을 신경 쓰느라 핸드폰을 정현이가 있는 방에 두고 나왔다. 초연이는 한 5분 정도 동동거리며 앞을 서성이다가 어쩔 수 없이 정현이가 있는 방으로 허무하게 돌아갔다.

나 혼자 뭘 한 거지 하고 방문을 여는 순간 초연이는 깜짝 놀랐다. 깊이 잠든 줄 알았던 정현이가 일어나 침대에 앉아 있는 것이다. 초연이는 당황했지만 더 태연하게 굴며 정현이를 안심시켰다. 솔직하게 나라도 가고 싶었다며, 그래서 도전했다고 말이다. 그리고 이미 들켰기도 했겠다, 마지막이다 싶어 정현이를 다시 한번 설득해 보았다.

그런데 이게 웬일? 초연이의 예상과는 다르게 정현이가 한 번에 허락을 했다. 정현이도 생각해 보니 중학교 시절 마지막 여행인데 아쉬운 게 아니었을까. 초연이는 다시 나가기 위해 혹시나 소리가 날세라 문을 조심스레 열고 선생님들이 있는지 없는지 망을 살피기 시작했다. 역시 둘이 함께하는 힘 때문인지 조금 더 대범해졌고 옆방에 손쉽게 도착했다. 핸드폰으로 연화에게 전화를 하니, 연화가 빠르게 방문을 열어주었다.

매일 만나고 매일 이야기하는 우리인데도 할 이야기가 너무 많았다. 내일 입을 옷 걱정에서부터 졸업식 이야기, 담임 선생님 험담, 연애 상담까지 웃고 떠드는 우리들의 목소리가 방안에서 나갈까 이불을 뒤집어쓰고서는 킥킥댔다.

이런저런 이야기를 하다 보니 시간이 너무 늦었다. 곧 해가 뜰까 봐 걱정된다며 조금이라도 자기로 했다. 초연, 연화, 서율과 정현이 순서로 눕게 되었다. 일단 시간이 늦어 누웠지만 잠이 오지 않던 친구들은 누워서도 조금 더 수다를 떨다가 누가 먼저 잠들었는지 모르게 자연스럽게 잠들었다. 제주 바람이 세서인지 초겨울이라 추워서 그런지 일어나 보니 아이들은 서로에게 꼭 붙어서 자고 있었다. (다행히 아침에 선생님께 걸리진 않았다.)

3. 졸업여행을 마무리하다

졸업여행의 끝자락이 되자 선생님은 아이들에게 서프라이즈 선물로 4시간의 자유 시간을 주셨다. 내심 기다리던 시간이다. 초연이가 친구들을 불러 빨리 계획을 세웠지만 또다시 약간의 의견 차이가 있어서 계획을 세우는데 30분 정도 걸렸다. 역시 시끌벅적 여자 4명의 의견을 다 수용하긴 어려운 법. 계획대로 바다 근처에 예쁜 카페에 가서 음료 마시고 사진을 찍고, 바다로 산책을 갔다. 며칠 전에 제주에 내렸다는 첫눈이 남아 있었다. 대구에서는 잘 볼 수 없는 눈. 눈 밟는 소리도 좋고 겨울 바다도 너무 예쁜데 바람이 너무 차가웠다.

아이들은 저마다의 자유 시간을 즐겼지만 우리는 제한 시간보다 1시간 정도 일찍 숙소로 들어가게 되었다. 이불에 쏙 들어가 몸을 녹이며 수다를 떠느라 시간 가는 줄 모르다가 결국 숙소 앞 집합시간까지 5분 정도밖에 남지 않았다.

정신없이 짐을 싸고 숙소 앞으로 나갔지만 어쩔 수 없이 10분 정도 늦었다. 자유 시간을 왜 숙소에서 보내냐며, 또 가장 가까이 있었으면서 제일 늦었다며 선생님께 잔소리를 조금 들었지만, 친구들은 이것마저도 킥킥대며 재미있었다. 추운 것도 추억. 잔소리도 추억 모두가 좋았다.

버스를 타고 무사히 공항에 도착해서 비행기를 타고 저녁이 다 되어서야 대구에 도착했다. 초연이에게 졸업여행은 조금은 삐걱거리기도 했지만 고등학교에 대한 걱정을 머릿속에서 지워준 소중하고 행복한 순간이었다.

4. 졸업식 그리고 방학

여행이 끝나고 다시 현실로 돌아온 초연.

평소처럼 학교를 가고 학원을 다니다 보니 벌써 내일이 졸업식이다. 졸업식은 2번째지만 코로나19 때문에 제대로 된 졸업식은 처음이라 기대가 크다. 최대한 예쁜 졸업사진을 남기고 싶었다. 팩도 하고 내일 부을까 봐 야식도 먹지 않았다. 모든 준비를 마치고 침대에 누웠지만 졸업식이라는 이벤트가 기다리고 있어서 그런가? 초연이는 도무지 잠에 들 수 없었다. 결국 뜬 눈으로 그렇게 다음날 아침이 되었다.

평소보다 아침이 더욱 분주했다. 항상 생활복만 챙겨 입다가 오랜만에 교복을 갖춰 입으려니 어색했다. 막상 입고 나니 조금 작아진 것 같기도 하고, 나름 멋지고 괜찮은 것 같기도 했다. 오랜만에 살짝 화장도 해보고, 앞머리는 고데기로 하고 나니 이런 늦었다! 중학교 마지막 날 늦을 수는 없어서 작아진 듯해 불편한 교복 치마에도 불구하고 초연이는 전속력으로 달렸다. 다행히 제시간에 단 1분도 늦지 않고 학교에 도착했다. 평소에 달리기를 못하던 초연이는 그런 자신이 신기했다. 왠지 오늘이 잘 풀릴 것만 같은 느낌! 늦지 않았다는 사실에 평소 아침보다 기분 좋게 학교를 들어갔다.

교실에 들어가니 선생님이 마지막 출석 체크를 하셨다. 날이 날이니만큼 이름 한 명 한 명을 호명하며 출석 체크를 하셨는데 뭔가 마음이 울컥했다. 그리고는 아이들과 함께 강당으로 갔다. 강당에 도착해서 주위를 둘러보니 한껏 꾸민 아이들과 부모님 사이 초연이의 부모님도 보였다. 오랜만에 화장을 한 어머니는 평소에 보이지 않는 고급스러운 분위기가 생겼고, 오랜만에 정장을 입으신 아버지도 꽤 멋있어 보였다.

후배들이 준비한 영상도 보고 한 명 한 명 졸업장과 졸업 앨범을 받다 보니, 이제 초연이의 차례가 되었다. 단상에 올라가니 초연이는 가슴이 콩닥콩닥거리고 손이 떨렸다. 졸업장이 손에 쥐어진 순간 드디어 졸업하는 것이 실감이 났다.

함께 받은 졸업앨범을 찾아보다 보니 프로필 사진이 눈에 띄었다. 졸업사진은 역시 잘 안 나와야 정상. 즉, 실물보다 더 못 나와야 정상. 졸업사진을 찍을 때는 왜 그렇게 눈을 부라리며 또는 단추 구멍처럼 작게 뜨고 있는지 정말 의문이다. 분명 다른 사진을 찍을 때는 안 그런데 말이다. 초연이도 왜 그렇게 눈을 뜨고 있었는지 모르겠다. 졸업앨범을 한 장 한 장 넘기다 보니 피식피식 웃음이 흘러나왔다. 구경하다가 연화 사진을 보니 너~무 잘 나와서 괜한 배신감이 들었다. 어떻게 하면 사진이 그렇게 잘 나올 수 있는지 초연이도 분명 선배들에게 팁을 듣고 사진을 찍었는데 왜 초연이만 그렇게 사진이 나왔는지 속상하다.

졸업식은 절차대로 차근차근 진행되었다. 졸업식이 끝나고 1, 2학년 때 담임 선생님을 찾아뵙기 위해 교무실에 갔다. 졸업 축하한다는 말씀을 들으니 졸업식 중에서도 나오지 않던 눈물이 흘렀다. 분명 울지 않기로 마음먹었는데 말이다.

졸업식을 무사히 끝내고 부모님을 만나 꽃다발을 받고 학교를 바라보니 미묘한 감정이 들었다. 약간의 웃음이 새어 나오기도 했고 또다시 눈물이 나올 것 같기도 했다. 드디어 끝났다는 후련함인가? 초연이는 아직도 그 감정을 표현할 수 없다.

졸업식이니만큼 가족들이랑 오랜만에 외식을 했다. 레스토랑은 정말 고급스러운 곳이었다. 불편한 교복을 입고 있는 것만 빼고는 모든 것이 완벽했다. 음식도 맛있었고 오랜만에 가족과의 식사라 하고 싶은 이야기가 많아 좋았다. 초연이는 그냥 그 순간, 그 시간이 좋았다.

집에 도착해 평소와 비슷한 일상을 보내고 침대에 누웠다. 침대에 누워서 천장을 쳐다보고 있으니 문득 기분이 이상해졌다. 자신이 지금 중학교·고등학교 그 어디에도 소속되어 있지 않음을 느꼈다.

나는 지금 누구지? 나는 앞으로 뭘 해야 하지? 하는 생각에 머릿속이 복잡해졌다. 하지만 이 복잡함도 내일이면 또 잊겠지 하는 생각도 하면서 말이다.

초연이는 내일도 연화와 서율, 정현이를 만날 것이다. 그리고 학원 가고 수다 떨고 비슷하고도 평범한 날을 보낼 것이다. 하지만 생각해 보면 평범해 보이는 중3 겨울의 이 하루하루가 참 소중한 시간이다. 봄에 새싹이 나올 수 있도록 겨우내 조심스럽게 보호하는 나무의 겨울눈처럼 우리의 매일이 그렇다. 다가오는 고1 우리의 봄날을 위해 차곡차곡 에너지를 쌓아가는 하루. 그래서 초연은 추운 겨울의 오늘도 참 좋다.

처음에 주제를 정하고 내가 좋아하는 계절을 겨울을 선택했다.

내가 좋아하는 계절이기는 하지만 우리 동아리 첫 모임 시간이 봄이있기에 막상 어떻게 글을 쓸지 막막했다.

동아리 시간이 조금 더 많았더라면 조금 더 즐기면서 풍성하게 글을 쓸 수 있었을 텐데, 반일제로 몇 번 안 되다 보니 사실 무엇이든 써야 한다는 의무감으로 써 내려가기 시작했다.

처음 1-2장은 막힘없이 썼고 나름대로 글을 쓰는 재미도 있었던 것 같다. 그런데 마감일이 다가오고 글을 급하게 마무리하고 나서 읽어 봤는데 부족함이 많이 보인다. 글을 쓰는 것이 이렇게 어렵구나를 느끼는 시간이었다.

그래도 이 글에는 내가 투영되어 있다. 나의 현실적인 걱정과 내가 해보고 싶은 것들이 담겨 있다. 내가 경험하는 것들이 많을수록 앞으로 쓰는 글은 더 잘 쓸 수 있지 않을까 생각한다.

마지막으로 이 글을 읽는 사람들도 초연이에게 공감하고, 또 초연이의 고등학교 생활을 응원해 줬으면 좋겠다. 물론 나의 고등학교 생활도 말이다.

새로움의 시작,＿＿

＿＿＿＿＿＿＿＿＿봄

'나도 작가' 책쓰기반 - 곽다현

작가명 : 곽다현

나이 : 16세

나의 오랜 시절 꿈은? : 검사(정의로운 사람)

좌우명 : 생각을 바꾸면 불가능도 가능하게 된다.

나의 취미 : 피아노

내가 좋아하는 가수 : Charlie Puth

내가 좋아하는 음식 : 떡볶이

 처음 중학생 시절을 보내고 있는(보낼) 당신에게 :

긴장하지 말고 뭐든지 열심히만 해!

다 할 수 있어!

1. 담임 선생님

꽃샘추위가 찾아오며 시작된 우리의 새 학년.

숏 패딩을 입고 등교해 배정된 반으로 들어갔다. 들어가니 반가운 얼굴들과 친한 친구들이 모여 있었다. 처음이라 앉고 싶은 곳에 앉아 친구들과 우리 반 담임 선생님이 누구일지 추측하고 떨리는 마음으로 기다리고 있었다.

밖에서 누군가의 발소리가 들리고 우리는 문을 뚫어져라 쳐다보고 있던 그때 베이지색 코트를 입고 담임 선생님이 들어오셨다. 선생님께서 들어오시자 우리는 막 수군거리기 시작했다.

"어우 우리 이번 해는 망했네…… 망했어."
"우리 어떡해?"

우리 학교에서 가장 무섭기로 소문이 자자한 분.
키가 엄청 크시고 작년에 우리가 체육수업을 할 때 운동장 저 끝에서 호령하는 목소리가 우리 반까지 들렸던 목소리 큰 저 선생님이 올해 담임 선생님이라니……

핸드폰을 내지 않은 우리는 친구들에게 이 사실을 알렸다

'ㅋㅋㅋㅋ 너네 어떡하냐 ㅋㅋ'
'수고 수고 우리는 담임쌤 괜찮은 듯. 완전 만족'
속속 오는 문자들이 얄미웠다.
나는 정말이지 믿고 싶지 않았다. 아니야 이건 꿈이야.
새 학년 걱정이 돼서 꿈꾸고 있는 걸 거야. 라는 생각도 잠시.

"조용!"

선생님의 한마디에 우리 반은 아주 고요해졌다.
담임 선생님이 칠판에 자신의 이름을 정자로 키만큼이나 크게 적으시고

"안녕하세요, 오늘부터 이 반의 담임을 맡게 된 ○○○선생님이라고 합니다. 자, 박수!"

우리는 힘껏 손뼉을 쳤다. 선생님께서 젠틀하고 유쾌하게 첫 인사

를 하셔서 의외라고 생각도 들고 긴장이 그나마 놓였다. 우리가 오해했던 것일까, 방심했던 것일까. 선생님의 첫 인사가 끝나자마자 교내 방송 안내가 나왔고 모든 선생님을 소개하는 방송이 시작되었다. 올해는 작년에 함께 수업했던 선생님들이 거의 모두 다른 학교로 전근을 가셔서 대부분의 선생님들이 새로운 선생님이셨다.

'오히려 좋아, 올해는 더 열심히 해보자'라는 마음가짐을 가지고 방송을 시청하며 선생님들의 얼굴을 익혔다.

방송 후 담임 선생님의 우리 반 규칙 설명이 이어졌다.
아까와는 사뭇 다른 목소리였다.

"나는 기본적인 것만 지키면 천사다. 지각이나 핸드폰 안내서 걸리거나 선생님한테 예의 없이 구는 것 등 이런 기본적인 것도 못 지키면 선생님은 호랑이로 변한다. 오케이?"

"넵!"

"어허~ 소리가 작다!"

"네~~~~~엡"

우리들의 목소리도 선생님만큼이나 우렁찼다. 올해는 또 어떤 일이 일어날까?

선생님과는 어떤 추억이 생길지 우리가 생각하는 무서운 분이 맞는지, 숨겨진 반전 매력이 있는지 궁금해지는 봄날의 3월 2일이었다.

2. 6번

내 이름은 곽다현.

성이 '곽' 씨이기 때문에 초등학교 시절부터 한 번도 2번 이하의 번호를 한 적이 없었다. 하지만 중3이 되어서 처음으로 6번이라는 번호를 받게 되었다. 다른 친구들에게는 사소하고 작은 일일 수도 있겠지만 6번이라는 번호를 받은 나는 믿을 수 없었다. 중학교 시절만 하더라도 1학년 때는 강 씨가 한 명 있어 2번이었고 작년에는 무려 1번이었던 나에게 6은 말도 안 되는 숫자였다.

순간 나는 '이 세상에 가 씨도 있나? 무슨 일이지?'라고 생각했다. 이 궁금증은 개학을 한 첫날 담임 선생님께서 번호와 이름을 부르며 해결되었다.

"1번 강○○"
"네"
"2번 강◇◇"

"네"

"3번 강□□"

"네"

"4번 강☆☆"

"네"

"5번 고○○"

"네"

그리고 나였다.

'아, 강 씨가 이렇게 많을 수 있구나'

'우리 반에 없어서 그랬지 내 앞에 고 씨도 있을 수 있네'

의외의 큰 깨달음을 얻었다.

내 친구인 4번도 자기는 항상 1번이었는데 어머어머 4번이 웬일이냐며 놀랐다고 한다.

난 이 번호가 완전 좋다고 생각했다. 뭔가 1번은 상징적이기는 하지만 부담스럽다. 수행 평가를 할 때도 무언가를 제출할 때도 모든 떨리는 것을 먼저 해야 해서 싫었고 특히 3학년인 우리는 졸업사진을 찍어야 하는데 번호 순서대로 찍는다면 1번은 포즈도 못 정하고 가장 주목을 받을 것 같아 부담스러울 것이기 때문이다. 6번이라는 번호 마음에 든다.

"완전 좋은데? 이 번호로 내가 한번 열심히 살아 보겠어!"

6번이 된 오늘의 하늘은 더 맑아 보인다.

– 3월 개학 첫날 찍었던 하늘

3. 벚꽃

3학년 12반.

우리 반은 학교 본관 2층 중앙계단 근처다.

이 반에 처음 들어왔을 때는 매화가 지고 있는 시기였고, 창문 밖은 나무로 둘러싸여 운동장이 잘 보이지 않았다.

그리고 얼마 후 꽃샘추위가 사라지고 서서히 따뜻해지기 시작할 때 우리 반의 창문 밖 나무들은 벚꽃으로 가득했다. 방충망을 열고 바람이 불면 벚꽃 잎이 날아와 우리 반의 바닥을 가득 채울 정도였다. 들어오시는 선생님들마다 감탄을 하셨다. 그야말로 뷰 맛집이라고 할 수 있는 교실이었다.

수업 시간 들어오시는 선생님들마다
"야~너희들은 벚꽃 안 보러 가도 되겠다. 너무 예쁘다."

이 말로 인사를 시작하셨다.

하지만 평화로운 우리 반에 벚꽃 때문인지 벌이나 벌레가 자주 들어와서 우리들을 괴롭혔다. 특히 나무를 타고 올라오는 개미들이 너무 많았다. 필통이나 숨겨진 물건들 사이에서 나올 때마다 놀라움을 안겨준다. '역시 마냥 좋은 건 없어 항상 단점이 있다'

그래도 우리의 3학년은 벚꽃과 함께 기억될 것 같다.(교실 벚꽃을 찍어두지 못해 너무 아쉽다. 다른 곳에서 찍은 벚꽃 사진이지만 볼 때마다 3학년 12반이 생각날 것 같다.)

4. 중학교 3학년의 봄이 지나갔다

"빨리 빨리 뛰어라, 이 어르신들아!"

체육 선생님이 느리게 뛰는 우리들에게 소리치셨다.

우리는 "옙"이라고 답하고 낄낄 웃으며 뛰기 시작하였다.

중학교 3학년이란 이런 것일까. 중학교에 처음 들어와서 모든 게 떨리고 긴장되던 시절이 엊그제 같은데 벌써 중학교에서 최고 학년이라는 우리끼리의 말로 노인네가 되었다.

들어오는 교과 선생님들이 3월에 맨 처음에 하신 말씀이 거의

"이제 3학년인데 정신 차려야지."

"3학년은 다르겠지."

"야~ 너희들 이제 진짜 3학년이다."

"후배들이 이렇게 많은데 제일 큰 선배들이 모범을 보여야지."

"오, 최고 고참 3학년"

중학교의 끝 3학년을 강조하셨다.

처음에는 이 말이 부담스럽게 느껴질 수도 있고 중학교에서 제일 높은 학년 3학년이라고 무게감이나 압박감이 많을 것 같지만 사실 중학교 시절을 마치는 지금 생각해 보니 전혀 아니다. 곧 떠나긴 하지만 중학교에는 적응을 해서 편안한 학년이다. 그리고 초등학교 6학년보다는 마음이 성숙하고 고등학교 3학년보다는 불안감이 덜하다.

(선생님들께서 3학년이라고 조금 더 자유롭게 두시는데 그렇게 자유로워진 만큼 사고를 치기도 하지만 말이다.)

　그냥 중3을 한마디로 하자면 봄 같다. 춥기도 하고 따뜻하기도 한 변덕스러운 봄처럼 '할 땐 하고 안 할 땐 심하게 안 한다.'라고 표현하고 싶다. 아래 사진은 봄날의 어느 날 노을 질 즈음 찍은 사진이다. 그날 핑크빛과 하늘색이 오묘하게 섞인 하늘이 매력적이라 한참을 올려봤다. 이 하늘이 꼭 지금 중3 우리. 인생의 봄날을 보내고 있는 우리 같았다.

'봄'이라는 주제를 통해 나의 중학생 생활을 잘 표현할 수 있을까 많이 고민되었는데 키워드를 생각해가며 단편 수필 느낌으로 표현할 수 있어서 다행이고 재미있었다.

각 소제목에 맞는 사진들을 찾기가 너무 어려웠고(내가 찍어둔 사진이 한정적이거나 없었다.) 한 번 쓰고 애매하게 남겨놓은 부분을 다시 쓰기 너무 힘들어서 마무리를 잘하지 못한 부분이 아쉽다.

그리고 생각했던 다양한 소재를 하나의 글로 엮는 것이 너무 힘들었다. 작가란 정말 창의적이고 대단한 직업임을 이 짧은 글을 통해 느꼈다. 그래도 봄에 재미있던 경험들이 많았던 덕분에 글이 아주 조금 쉽게 쓰였던 것 같다.

다음에 또 글을 쓸 기회가 온다면 나의 의견을 논리적으로 말하는 글을 한번 써보고 싶다. 수행 평가 때 안락사에 대한 주제를 써보았을 때 그땐 안락사 찬성이었지만 〈앤드 오브 라이프〉라는 책을 읽고 의견이 바뀌게 되었기 때문이다. 이번에 글쓰기 연습을 조금 했으니까 다음에는 조금 더 잘 쓸 거라 스스로 기대해 본다.

다시,＿＿＿＿＿＿

＿＿＿＿＿＿고양이

'나도 작가' 책쓰기반 - 김지윤

작 가 소 개

작가명 : 김지윤

나이 : 16세

좋아하는 동물 : 고양이

내가 좋아하는 색깔 : 초록색

내가 좋아하는 계절 : 환절기를 좋아한다.
　　　　　　　　　　　공기가 바뀌는 느낌이 설렌다.

내가 좋아하는 책 : 어린왕자(생텍쥐페리)

좋아하는 구절 : 지금 이 순간이 다시 넘겨 볼 수 있는
　　　　　　　　　한 페이지가 될 수 있게.

 처음 중학생 시절을 보내고 있는(보낼) 당신에게 :
중요한 것은 꺾이지 않는 마음

1. 여름이 돌아왔다

　함박눈이 내리는 겨울, 겨울 방학이 다가왔고, 크리스마스가 얼마 남지 않았을 때였다. 한적한 시골 마을에서는 시끄러운 자동차 소음도, 사람들의 떠드는 소리도 없었고, 그저 고요했다.

　창밖에는 가파른 언덕 위에 흰 눈이 두텁게 쌓여 겨울왕국을 만들었고, 나뭇가지에는 설화(雪花)가 만개해 있었다. 그때 시간이 멈춘 것 같은 고즈넉한 평화를 깨뜨린 것은 다름 아닌 검정색 고양이였다.

　"여름이……?"

　흰 눈밭에서 뒹굴고 있는 새까만 고양이는 한눈에 봐도 '여름이'와 그 모습이 아주 비슷했다. '여름이'라고 착각을 할 만큼, '여름이'와 닮은 이 고양이가, '여름이'와 다르다는 점을 깨달은 것은 배에 있어야 할 흰 점이 없었기 때문이었다.

내가 배에 있는 점의 부재를 깨달은 직후, 다시 보니 고양이는 오들오들 떨고 있었다. 눈이 오는 겨울 바깥은 몹시도 춥다. 내가 찾던 고양이는 아니었지만 나는 그 고양이를 집 안으로 데려왔다. 고양이를 들어 올리자 따뜻한 체온과 다급하게 뛰는 심장 소리가 느껴졌다.

가까이서 보니, '여름이'보다 조금 더 작은 크기라는 것을 알 수 있었다.

가벼운 몸무게를 보아하니, 보나마나 오랫동안 먹을 것 제대로 먹지 못한 것이 분명했다. 나는 이 작은 고양이에게 익숙한 손놀림으로 먹을 것을 주었고, 허겁지겁 먹는 모습을 바라보며 또다시 여름이를 떠올렸다.

----

2. 아이와 고양이

"매애애앰 매애애애애앰"

내가 '여름이'를 처음 만난 것은 작년 여름. 등굣길에서였다. 여느 때와 같이 후덥지근하고, 매미가 시끄럽게 우는 여름 냄새가 나는 날이었다.

다리를 건널 때는 아래에서 맑은 시냇물 소리가 들렸고, 깊은 언덕 사이에 있는 호수는 아침 햇살을 받아 반짝반짝 아름답게 빛나고 있었다.

평소처럼 천천히 학교에 걸어가다, 우연히 검정색의 작은 고양이를 발견했다. 고양이의 몸은 아주 새까맸다, 푸르른 여름 풍경 속에 있는 까만 고양이는 그냥 지나치기 힘들 만큼 유독 눈에 띄었다.

고양이의 옆에는 어린아이가 앉아 있었다. 아이는 뭐가 그리 즐거운지, 토끼풀을 꺾어 만든 반지를 낀 채 보시시 웃고 있었다. 머리에는 들장미, 채송화, 물망초, 양귀비 등 각종 들꽃으로 만든 알록달록한 화관을 쓰고 있었고, 하얀 작은 손으로 민들레를 꼭 쥐고 고양이와 장난을 치는 모습은, 그 둘을 마치 다정한 친구 사이처럼 보이게 했다.

내가 다가가자 고양이는 나를 향해 꼬리를 곤추세웠다. 나는 그대로 자세를 낮춰 조심스럽게 손을 내밀고 잠시 기다렸다. 천천히 내 쪽으로 다가온 고양이는 살며시 몸을 갖다 대었다. 어떤 의미인지 정확히 알지 못 했지만 본능적으로 나는 부드럽게 쓰다듬어 주고 싶다고 생각했다. 그리고선 코를 살짝 만지자 고양이는 기분 좋은 듯 눈을 가늘게 떴다.

아이는 조금 특이했다.
아니 정확히는 조금 특별했다.

아이는 나에게 아름다운 숲에 대해서 얘기해 주었다. 내가 매번 인지하지 못하고 일상 속에서 자연스럽게 지나쳐버린 숲의 멋진 모습을 상기시켜 주었다.

"저는 이곳이 좋아요. 저 푸른 나무를 봐요. 눈이 피곤할 때는 대자연의 초록을 보라는 말이 있어요. 이곳은 사계절이 모두 아름답지만 특히 무더운 여름, 초록 잎을 한가득 피워 뜨거운 햇살을 가려주는 큰 나무는 더위를 잠시 잊을 수 있게 해줘요. 매일이 달라요. 숲은 인간이 흉내 낼 수 없는 아름다움과 생명의 신비함으로 가득한 곳이에요."

그날 이후, 나는 매일 아이와 고양이를 만났다. 그런 말이 있다. 순애. 순수한 사랑이라는 뜻이다. 그들이 나에게 그런 의미였다. 그렇게 그들은 나에게 소중한 존재가 되어갔다.

어느 날, 배에 흰색의 점을 가진 작은 고양이는 내 무릎 위에서 조용히 잠을 자고 있었다. 붉은 태양이 밝게 빛나는 시간이었고 한적한 시골 마을은 평화로웠다. 고양이 머리 위로 비치는 햇살을 손으로 가려주며, 나는 생각했다.

'지금 이 시간이 멈춰버렸으면 좋겠다.'

그럼에도 불구하고 시간은 부지런히 흘러 어느덧 더운 여름이 끝나고 기온이 내려가 낙엽이 떨어지는 가을이 왔다. 그러나 그들은 여전히 너무너무 사랑스럽고 귀여웠으며, 영원할 것만 같이 아름다웠다.

3. 큰 나무가 되어야겠다

그러나 세상에 영원한 것은 없다.

지구상에 존재하는 모든 생명은 언젠가는 없어지기 마련이다. 인간을 "죽음으로 향하는 존재"라 규정한 철학자도 있고, "산다는 것은 무덤을 향하여 한 발자국 한 발자국 다가가는 과정"이라고 말한 소설가도 있다. 죽음이란 이토록 당연한 사실일지라도 영원히 받아들이기 힘든 존재인 것이 분명하다.

다음날 나는 여느 때와 같이 학교에 가는 중이었다. 그런데 평소와는 다른 분위기가 주위를 감돌았다. 한적한 시골길이 웬일로 몹시도 소란스러웠다. 나는 사람들이 모여 있는 곳으로 발길을 옮겼다. 동네 어른들이 웅성거리는 소리가 어렴풋이 들렸다.

"어머이야, 자는 오쩌다 저렇게 됐는가?
"밧에 개다가 봤는디, 아가 조기 찻질로 띠들어 부렀어."
"아이고, 왜서 쩍은 게 그기로 띠들었다나"
"조기 깽이 난시 그랬는가보다"

(어머, 저 애는 어쩌다 저렇게 된 거예요?)
(밭에 가다 봤는데, 애가 저기 찻길로 뛰어든 모양이야.)
(아이고, 저 작은 아이가 왜 거기로 뛰어들었대.)

(저기 고양이 때문에 그랬나 봐요.)

모여 있는 사람들 가운데 아이가 쓰러져 있었다. 앞에는 범퍼가 찌그러진 자동차 한 대가 서 있었고, 아이 주변으로 피가 보였다. 사람들은 분주하게 아이를 옮길 준비를 하고 있었다.

아이의 옆을 지키고 있는 것은 다름 아닌 배에 하얀 점이 있는 아기 고양이였다. 고양이는 아이의 옆에 앉아 얼굴을 핥고 있었다. 마치 아이의 죽음을 알기라도 한다는 듯 고양이의 눈은 슬퍼 보였다.

고양이와 눈이 마주쳤다. 나는 불현듯 고양이에게 비치는 햇살을 손으로 가려주었던 어느 여름날이 떠올랐다. 그 순간 나는 결심했다. 내가 초록 잎을 한가득 피워 이 작은 고양이에게 뜨거운 햇살을 가려주는 큰 나무가 되어 주어야겠다.

4. 여름이 갔다

하지만 그 일이 쉽지만은 않았다. 고양이는 아이의 죽음 이후 아무것도 먹지 않았고, 자지 않았고, 그저 무기력하게 앉아 있을 뿐이었다. 구석에서 미동도 없이 앉아 있는 고양이는 마치 속으로 흐느껴 울고 있는 것처럼 보였다.

나는 고양이를 정성을 다해 보살폈다. 직접 생선으로 죽을 만들어

주기도 하고 편안한 집도 만들어주었다. 나는 고양이에게 이름도 지어주었다. 뜨거웠던 여름에 만난 고양이니까, '여름'이라고 지었다.

느리지만 천천히 여름이는 서서히 몸을 회복해갔다. 괜찮아졌다기보다는 점점 잊어가는 것 같았다. 한 달쯤 지났을 때쯤에서는 죽 한 그릇을 다 먹었고, 그리고서도 일주일 즈음이 더 지났을 때에는 나랑 장난도 칠 수 있을 정도로 나아졌다.

그런데,
나아졌다고 생각했는데
아니었나 보다.

세상에는 마음대로 되지 않는 일이 너무 많고, 그런 거대한 섭리 안에서 나는 너무 무능했다. 여름이는 쌀쌀한 가을 햇살이 잘 들어오는 창가에서 아침잠을 자다가 아이를 따라 조용히 세상을 떠났다. 내 곁을 떠났다. 그 앞에서 내가 할 수 있는 일은 아무것도 없었다.

어쩌면 내가 고양이를 보살핀 것이 아니라 고양이가 나를 보살펴줬던 것도 같다. 내가 마음을 추스르는 시간을 기다려줬던 것 같다. 작은 고양이 한 마리가 없어졌을 뿐인데 갑자기 내 방이 너무 커다랗게 느껴졌다.

거대한 방 중앙에 혼자 앉아 울지 않기 위해 눈을 질끈 감았다.

5. 여름이 지면 가을이 오니까

그리고 오늘. 나는 다시 작은 검정고양이와 눈을 마주쳤다. 고양이의 눈은 크고 노랬다. 큰 눈은 포근했고, 나는 그 눈빛에 미소를 지을 수밖에 없었다. 어쩌면 나는 또다시 이 새로운 생명을 사랑하게될 것만 같았다.

여름이 가면 가을이 온다. 여름꽃은 지고 가을꽃이 피어난다. 앞으로 우리의 삶에 찾아올 수많은 여름이의 죽음이 우리를 비록 울게 만들지라도 돌아올 가을이 있다는 것을 알고 있다. 흰 눈밭에서 뒹굴던 노란 눈의 검은 고양이가 '나'에게, 여름이 지나간 뒤 반드시찾아올, 가을이 되어 줄 수 있기를 바란다. 가을에 피어날 새로운 꽃을 기다린다.

글을 완성해서 너무 뿌듯하다. 오롯이 나 혼자의 힘으로 제법 오랜 시간을 공들여 마음에 드는 무언가를 완성해 본 경험은 처음이다.

나중에 시간이 지나 누군가는 이 글을 보고 흑역사라고 부를 수도 있다. 하지만 나는 결과물보다 과정에 더욱 집중하려고 한다. 데이식스의 노래 가사 중 '지금 이 순간이 다시 넘겨 볼 수 있는 한 페이지가 될 수 있게'라는 구절이 있다. 내가 나중에 글을 읽었을 때, 이 글을 썼던 2022년의 무더웠던 8월의 냄새가 기억났으면 한다. 열심히 했던 지금 순간들이 내 인생에서 다시 넘겨볼 수 있는 한 페이지가 될 수 있게!

중학생의, 봄, 여름 그리고 가을

'나도 작가' 책쓰기반 - 박종환

작가명 : 박종환

나이 : 16세 중3입니다.

나의 오랜 시절 꿈은? : 일은 최대한 적게 하면서

많은 도전을 해보며 사는 삶

좌우명 : 최대한 즐겁게 재미있게 살자.

나의 취미 : 농구

내가 좋아하는 가수 : 저스틴 비버

내가 좋아하는 음식 : 맛있는 거 무엇이든

 처음 중학생 시절을 보내고 있는(보낼) 당신에게 :

중딩도 별것 없다. 걱정하지 마라.

즐겨라. 넌 잘할 꺼다.

처음(봄)

초딩 생활을 마치고 중학교에 오게 되었다.

초등학교 시절 하루 내내 담임 선생님과 만났는데 과목마다 다른 선생님이 들어오고 스스로 해야 하는 무언가가 급속하게 늘어났다. 초딩 때와는 전혀 다른 분위기에 나는 처음에 적응할 수 없었다. 초등학교 시절에는 재미로 했던 수행 평가들이 이제는 내 인생에 영향을 미치는 중요한 요소가 되기 시작했다. 가방도 마음도 무거워졌다.

입학과 동시에 코로나로 인해 원격 수업을 하게 되었다. 중학교 첫 입학부터 등교가 아닌 원격이라니…

이제 졸업을 앞둔 지금 솔직히 말해서 그때는 원격 수업을 핑계로 게임만 했던 것 같다. 화면 속 선생님을 초롱초롱하게 보며 수업을 듣거나, 정직하게 45분을 꽉꽉 채우고 과제를 제출하는 친구들은 몇 프로나 될까라는 생각을 했다. 아침 8시 30분에 일어나 e학습터와 같은 온라인 수업에 들어가서 수업을 7교시까지 다 들으면 11시에서 11시 30분이었다.

'야, 게임 한판 할래?'

친구에게 문자를 보냈다.

'오브 콜스'
폰과 한 몸인 친구의 답장은 1분 항상 1분 이내로 온다. 집 안에 앉아서 수업밖에 들을 수 없었던 난 중학교에 온 것이 싫었다. 물론 게임을 했던 시간이 더 많았다고 해도 난 이런 중학교 생활을 바란 것이 아니었기 때문이다. 학교를 그다지 좋아하는 내가 아니었지만 정말 학교를 가고 싶었다.

그리고 기적같이 4월 중순쯤. 학교에 등교할 수 있게 되었다. 그런데 고요하다. 숨소리조차 들리지 않는다. 모두 다 마스크를 쓰고 책상 가림막 안에 있다. 분위기가 엄격하다. 선생님들은 예민했다. 조금만 뛰어도 벌점, 머리 안 잘라도 벌점, 교과서를 까먹고 안 들고 와도 벌점. 다른 반에 가도 벌점. 중학교가 힘든 것인지 코로나로 힘든 것인지 모르겠으나 학교는 삭막하고 딱딱했다.

학교를 오고 싶었던 나의 마음은 그날 이후로 증발했다. 학교에서

만 힘든 것이 아니었다. 부쩍 예민해진 나의 성격 탓인지 집에서도 힘들었다. 이제 막 등교를 시작하게 되자 선생님들은 학습지를 매일 매일 무진장 나누어 주셨고 그건 다 숙제로 해결해야 했다. 학원 숙제와 학교 숙제로 최소 12시에 자는 것이 그때부터 습관화되었고 짜증도 많아졌다.

그래도 조금씩 중학교 생활이 익숙해질 때쯤 새로운 친구들을 사귀기 시작했다. 공부 잘하는 친구, 매일 엎드려 자는 친구, 학교에 밥 먹으러 오는 친구 등 여러 친구를 사귀었다. 어떤 친구이든 간에 학교에서 그 친구들과 수다떠는 시간이 제일 좋았다. 점점 학교생활이 좋아지고 마음의 여유를 찾게 되자 집 안에서 다툼도 줄게 되었다. 그래도 때때로 힘든 건 여전했다. 중학교는 절대 호락호락하지 않았다.

하루는 사회 수행으로 환경문제에 관한 PPT 만들기를 했다. 우리 조는 서로 소통도 안 하고 준비도 안 하고 말 그대로 최악이었다. 어느 누구 하나 나서려는 사람이 없었다.

대망의 수행 평가 날, 우리 조원들은 그제야 상황이 정말 심각하다는 걸 깨달았다. 그때 난 USB를 보여주면서 "내가 준비해왔어."라고 목에 빡 힘을 주면서 말했다. 준비한 것도 없는 우리 조원들은 그냥 나와서 내가 만든 프레젠테이션을 읽고 발표했다. 그리고 나한테 고맙다는 말 한마디 없이 발표를 마쳤다. 우리 조는 무사히 제법 괜찮은 평가로 평가를 통과했지만 기분이 썩 좋진 않았다. 발표도 능력이라 생각하는 것일까?

역시 호락호락하지 않은 녀석들이 많은 중학교다. 내 기분도 학교도 변덕 많은 봄 같다.

중간(여름)

여름 방학.

오매불망 기다렸던 여름 방학이지만 현실은 매일 아침마다 수학 학원을 갔다. 매일 오전 9시부터 12시까지 하는 아주 마음에 드는 학원이었다.(반어법이다.) 너무나 가기 싫었지만 덕분에 내 수학 실력은 일취월장하게 늘긴 했다. 그리고 아주 조금이지만 수학과 조금 친해질 수도 있었다.

오후에는 다른 과목 학원을 다니면서 내 학업을 채워 나갔다. 힘들었다. 푹 쉬고 싶었다. 주 7일 매일 학원을 다니기에 하루도 쉴 틈도 없던 나는 우리 가족 중 누구보다 힘들게 살아간다고 생각했다. 초등학교 시절 때랑 너무 다른 방학이었다. 방학은 눈 깜짝할 사이에 지나갔고 학교 방학 숙제는 생각조차 안 났다.

그렇게 방학 같지 않은 방학 생활에 차라리 방학이 끝나기를 빌던 나는 방학 이틀 전 방학 숙제란 존재를 깨달았다. '망했다.' 급하게 친구들에게 연락하기 시작했다. 그들도 나와 다를 게 없었다. 카페에 모여앉아 수학 EBS 강의 벼락치기로 몰아서 50개를 봤다. 강의만 보는 거였으면 진즉에 안 했다. 기록지가 있었기에 울며 겨자 먹기로 할 수밖에 없었다.

국어 독서감상문 쓰기도 과제로 있었다. 이건 내가 방학 때 읽던 〈모비딕〉이란 책으로 적었다. (나도 책은 읽는 남자다.) 아침에 카페를 들어가 밤에 나오는 기적을 우린 함께 맛볼 수 있었다.

방학이 끝나고 학교를 갔다. 뿌듯한 마음으로 숙제를 챙겨갔다. 그런데 이럴 수가. 방학숙제 검사란 것은 찾아볼 수도 없었다. 오히려 쌤들이 더 모르시는 듯한 표정이었다. 우리의 자율적인 학습을 권장하셨던 것이었던가. '내가 왜 했지? 걱정이 지나쳤나? 원래 중학교는 방학숙제가 자율인가?' 오만 생각이 다 들었다. 허무하기도 했지만 지나간 것은 지나간 것일 뿐, 집에 와서 가볍게 쓰레기통으로 던졌다.

방학이 끝나고 2학기가 되니 서먹했던 친구들이랑 어느 정도 친해지고 연락처 교환도 했다. 그리고 주말에 종종 만나 놀기도 하고 같이 공부도 하고 있다. 여전히 공부는 힘들지만 함께 할 사람이 있어서 좋다.

나는 이렇게 인내심을 기르며 중학생이 되어 가고 있었다.
마치 길고 무더운 여름에 적응해 가을이 다가오면 끝나가는 여름을 아쉬워하는 어른처럼.

끝(가을)

어느 순간부터 가끔은 혼자가 좋다.
그리고 친구가 좋다.

가족과 여행 다니는 것이 싫어지고 귀찮아졌다. 그보다는 친구와 자주 놀게 되었고 화가 자주 나기 시작했다. 교과서에서 말하는 질풍노도의 시기가 나에게도 온 것이다. 나를 막을 수 있는 것은 아무것도 없었다.

학교에서 친구와 장난치고 놀면서 벌점을 받아도 벌점 따위에 굴복할 시기가 아니었다. 아무것도 무섭지 않았던 나는 학교생활을 벌점에 얽매이지 않고 즐기면서 하기 시작했다. 그러니 숨통이 좀 트였다.

그리고 날씨는 점점 추워졌다. 지난해에도 춥기만 하고 눈은 내리지도 않았다. 참 낭만 없는 세상이다.

처음으로 스터디카페라는 곳을 가보았다. 조용하지만 학교랑은 다른 분위기다. 너무 좋았다. 다들 공부를 하고 있으니 나도 공부가 잘되고 친구들 또한 같이 있으니 더 재밌었다. 어떤 주말에는 하루에 12시간 동안 스터디카페나 독서실에 있었던 적도 있다. 물론 중간중간에 밥을 먹으러 가긴 했지만 그곳에 있을 때는 오로지 공부만 했었다. 그렇게 하루를 사니 왠지 나 자신이 뿌듯하고 자랑스러웠다.

이렇게 내가 뭔가를 끈기있게 할 수 있는 사람이었다니. 그때부터 공부가 조금 흥미가 생기고 할 만해졌던 것 같다.

마치
'철이 든 것처럼' 말이다.

날씨가 추워졌다고 생각했는데 사실은 내 마음이 꽉 채워진 가을이었나 보다. 조금씩 단단하게 여물어지고 있는 나다.

이렇게 저렇게 코로나로 인해 1학년 생활은 눈 깜짝할 사이에 지나갔다. 큰 재미도 없고 감동도 없는 삶의 연속이라고만 생각했다. 그래도 지나고 보니 마지막 종업식 때는 마음이 뭉클해졌었다. 그렇게 나의 우당탕탕 1학년 삶은 조금씩 철들며 지나갔다.

책쓰기반.

처음에는 내가 잘 쓸 줄 알았다. 바쁜 우리를 배려한 선생님이 정해주신 분량도 크게 많지 않았고 동아리 시간에 소재 찾기를 할 때는 떠오르는 생각들이 많았다. 그런데 막상 내가 작가가 되었다는 마음으로 한 챕터를 쓰려 하니 잘 연결이 되지 않았다.

주제가 있어도 첫 말을 무엇으로 해야 할지, 이건 수학 문제를 푸는 것보다 훨씬 더 어려웠다. 작가들이 얼마나 대단한 사람인지를 느꼈다. 부족한 글이지만 이렇게나마 마무리하게 된 것이 다행이다.

이번 글쓰기를 통해 내 글쓰기 능력이 얼마나 부족한지를 깨달았다. 앞으로 집에서 시간이 남을 때는 유튜브만 보는 게 아니고 책도 읽어 내 어휘력을 키우고 배경지식을 조금 높여볼 것이다. 부족한 나의 글쓰기 실력이지만 이렇게 나의 중학생 생활을 조금 정리해 볼 수 있어서 좋았다. 다음 글쓰기는 조금 더 나아져 있지 않을까 기대해 본다.

계절의_____

_____향기

'나도 작가' 책쓰기반 - 윤서윤

작가소개

작가명 : 윤서윤

나이 : 16세

나의 오랜 시절 꿈은? : 신데렐라

좌우명 : 일단 해보자. 아님 말고

나의 취미 : 나만의 감성에 빠져들기

내가 좋아하는 가수 : Ariana Grande

내가 좋아하는 음식 : 페레로로쉐

(달콤한 걸 좋아하는 10대랍니다)

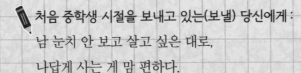

처음 중학생 시절을 보내고 있는(보낼) 당신에게 :

남 눈치 안 보고 살고 싶은 대로,

나답게 사는 게 맘 편하다.

머리말

어른들은 말합니다.
우리에게 어린애가 무슨 사랑을 하냐고,
사랑이 뭔지는 아냐고 말하곤 합니다.

하지만, 우리에게도 우리 나름대로의 사랑이 있고,
다양한 사랑의 방식이 존재합니다.
'사랑'이란 어떤 사람이나 존재, 사물, 대상을 아끼고 귀중히
여기는 마음 또는 그런 일을 뜻하는 거니까요.

짝사랑, 만남과 이별, 외로움은 우리가 살아가면서
한 번쯤은 주변에서 들어보거나 직접 가슴 아프게 겪어본 적이
있을 겁니다.

그런 감정들을 저만의 방식으로 표현해낸 글들을
'계절의 향기'라는 제목 속에 담았습니다.

이 글이 힘들고 지친 당신의 마음에 조금이라도 위로와 공감이
되었으면 합니다.

사계절의 시작, 봄

행복하고 좋았던 기억들만
모두 끌어 모아서 간직하고

안 좋았던 기억들은 맘 속 깊이
묻어두지만 말고 그냥 지워버리자
생각도 하지 말고, 잊어버리기로 하자

행복하기에도 바쁘고 짧은 인생인데
뭐 하러 혼자 마음속에 담아두고 아파할까

그저 웃을 날만 가득하기를
하늘에 빌어보는 거야

새롭게 시작하는 거야
사계절의 시작을 알려주는 싱그러운 봄처럼

고마운 계절, 봄

따사로운 햇빛을 받아
이제야 땅 위로 올라오기 시작한
싱그러운 초록색의 귀여운 새싹들

언젠가는 무럭무럭 자라나서
열매도 맺고 꽃도 피우겠지

그게 그때까지 받았던
태양의 무한한 사랑에 보답하는 거래

한때 이뤄낸 성과가 없어도
자신에게 한결같이 빛을 주던
태양에게, 고마웠다고

벚꽃

벚꽃의 분홍빛으로 물들여진 봄
회색빛 감정도 분홍색 빛으로 바뀔 만큼
벚꽃의 향기에 한껏 취해버린 봄

따사로운 햇살 아래
문득 떨어진 벚꽃처럼
문득 생각난 너의 모습

언제 핀 지도 몰랐던 벚꽃 잎이
나에게 떨어진 것처럼
언제 그랬는지도 몰랐던 내 마음이
너에게 떨어져 있어

언제부터 그랬냐는 듯
내 마음속 어딘가에 숨어 있던 너

추억

너와 내 이야기로 가득찬 시들
너도 이 시들을 읽고 있을까

읽고 있다면 이게 전부 다
하루의 시작이 너고
하루의 끝이 너인 내가
널 많이 그리워해서
널 많이 보고 싶어 해서
너에게 내 진심이 닿길 바라며
쓴 시라는 걸 알고 있을까

이제는 많이 변해버린 네가
나와 함께 손잡고 걸어왔던 길들을
다시 걸어보고 예전처럼 날 향해
달려 와주길 바라는 내 마음을
너는 알까

내가 너에게 모든 걸 내어주고
한결같은 사랑을 퍼부어줬다는 걸
너는 알까

나는 네가 했던 말들을 다 기억하고 있는데
너는 내가 했던 말들을 기억하고 있긴 할까

나는 봄만 되면 네 생각이 자주 나는데
너는 우리가 함께했던 날들을 추억하긴 할까

여름

새로운 시작을 알리는
봄이 지나고
모두가 뜨거워지는
여름이 온다

세상의 순리가 그렇듯
따뜻하고 싱그러운 봄이 지나면
햇살도, 사람도, 사랑도, 불타오르는 여름이 온다

누군가는 뜨거운 여름을 더 뜨겁게 즐기고
누군가는 뜨거운 여름을 징징대면서 보낼 것이다
누군가는 뜨거운 여름을 사랑하는 사람과 보내고
누군가는 뜨거운 여름을 홀로 외로이 보낼 것이다

그저 모두가 이 뜨거운 여름을
뜨겁고 행복하게 보낼 수 있기를 바랄 뿐

특별한 여름

여름. 우리의 추억이 가득 담겨 있는 계절이야
너의 무심한 말투에 반응도 하지 않던 내가
나의 모든 말에 항상 의문만 가지던 네가
아주 가끔씩 공적인 대화만 하던 너와 내가
뜬금없는 사건 하나로
어
쩌
다
우리가 되어버린 그날이 존재하는 여름

그날은
너와 함께하는 여름의 시작
처음으로 있는 힘을 다해
누군가를 마음껏 사랑한 여름의 어느 날

누군가와 함께한 추억이 가장 많은 그 계절
너와 함께하는 매일이 기념일 같았던
너와 함께여서 특별했던 그 여름의 시작, 6월

가벼운 존재

뜨거웠던 여름에도 끝이라는 게 보이던 어느 날
드라마같이 달콤했던 우리의 사랑이라는 연극에도
이제는 막을 내리자고 하는 너
그런 너에게 이별은
종이에 점 하나 찍는 것보다 쉽고 사소한 것

찬란하게 빛나던 우리의 사랑이
하루아침에 갑자기 바뀌어버린
네 마음 하나에 달렸을 만큼
네가 나에게 준 마음은
수시로 바뀌는 주가보다 바뀌기 쉬운 것

세상 모든 것이 제 빛을 잃어 하늘이 깜깜해져도
더욱더 환하게 빛을 내는 유일한 무언가가 있는데
그게 바로 나를 향한 너의 사랑일 거라고,
나를 향한 너의 사랑은 변치 않을 거라고 내게 약속까지 했던
너는 계절의 변화 따위에 약속을 깨버리는
그런 가벼운 사람이었던 것

네가 진짜 그런 사람이라면, 네 마음이 정말 그렇다면
'나'라는 사람보다는 '사랑'이란 걸 갈망했던 너에게

나는 그저 길거리에 널브러져 있는 돌멩이보다도
가볍고 사소한 그런 존재였던 걸까

아주 조금

내가 헤어지자는 말을 꺼낼 때마다
네가 미안하다는 말을 계속 반복했던 건
네가 내게 잘못했던 것에 대한
용서를 비는 게 아니었어

그저 네가 원하는 내가
네 옆에 더 머물게 하기 위한
너의 발버둥에 불과했지
그 덕분에 나는 더운 여름에도
식은땀을 흘려야 했어

내 숨통을 천천히 조여 오는
너로부터 벗어난 이후로
아마도 너의 전부였을 나를 잃은 네가
상실감에 조금이라도
괴로워하고 후회하길 바랐어
네가 주변에서 들리는 내 이름을 듣고
크게 동요하길 바랐어

네가 더 크게 동요할수록
나를 향한 너의 마음도 컸다는 거니까

헤어진 이후로도 내 이름에 반응할 만큼
많이 괴롭다는 뜻이니까

나는 그저 날 힘들게 했던 네가
나보다 조금,
아주 조금 덜 행복하길 바랐어

가을

가을이 오는 달, 9월
마음도 알고 있는 걸까
내 마음에도 가을이 찾아왔네

뜨거운 사랑과 같은 여름을 그리워하듯
이 가을이 지나가고 겨울이 오면
지금 이 가을도 그리워지겠지

'이 또한 지나가리라'라는 말이 있듯
외롭고 쓸쓸한 가을을 보내고
가을을 그리워하며 차디찬 겨울을 꿋꿋이 보내고 나면

끝끝내 봄이 오겠지
돌고 돌아 다시 오겠지
그 행복한 봄날을 기다리며

준비의 계절, 가을

뜨겁고 아름다운 여름의 끝과
차갑고 아름다웠던 겨울의 이별을
또다시 준비하는 계절
가을

뜨거웠던 너와의 사랑의 끝과
차갑게 날아와 나에게 박힐 이별을
준비하는 계절
가을

가을은 여름에 하던 것을 그만두고
앞으로 다가올 겨울을 준비하는 시기

하지만, 나에겐 가을조차 오지 않았네

내 삶의 주인

우리의 특별한 날
너에게 주려고 했던 선물은
이제 주인이 없어졌어

외로운 가을
너와 함께 보내려 했던 내 마음도
이제 주인이 없어졌고

뜨거웠던 여름
너와 함께 보냈던 날들도
이제는 주인이 없어졌어

내 삶에서 너라는 주인이 사라졌는데
무슨 의미가 있을까

너처럼 모두가 한순간에 왔다가
다시 한순간에 없어져버려

이 가을, 떨어진 낙엽처럼

너의 미소

한순간에 내가 사랑하는 사람이
남보다 못한 사이가 되어버릴 수 있는 거라면

헤어짐에 아파하고
그리움에도 괴로워해야 하고
행복했던 기억에도 눈물 흘리고
내가 잘못했던 모든 것들에
끝없이 후회해야 되는 거라면

누군가를 사랑하다가
내 모든 걸 잃을 수도,
'나'를 잃을 수도 있는 거라면

사랑이 그렇게나 위험한 거라면
사랑이라는 걸 하지 않겠다고
눈물로 다짐했던 내가

너의 미소 하나에 사랑이라는 것에 다시 손을 댔어
네 미소의 영향력은 생각보다 컸으니까
까맣게 타버린 내 심장을 다시 뛰게 할 만큼

외로움의 계절이라는 가을 아래,
주변 사람들은 외로움을 느끼는 가운데
나 혼자 너의 미소에 빠져 허우적대느라
외로움을, 가을을, 자연의 순리를 거부한 대가로

너와 관련된 일이라면
질투에 고통스러워하고
때론 마음 아파해야 했지만
너의 미소를 오랫동안 볼 수 있다는 것에
만족하기로 했어

그게 가을이라는 계절 아래에서
내가 사랑이라는 반역을 한
유일한 이유일 테니까

겨울

이별의 계절, 겨울
나무도 잎들과 이별하고
주변에 꽃 하나 보이지 않는
나 홀로 남은 외로운 계절이야

온 세상이 다 눈으로 덮여 있어
보이는 게 죄다 흰색뿐이야
너와 헤어졌을 때처럼
마음이 공허하고 머릿속도 하얘

겨울이라는 계절이
너와 이별한 현실을
더욱더 자각하게 만드는 것 같아

하얗게 물들어버린 내 마음처럼
희고 차가운 이 겨울

세뇌

이번 겨울은 더 추운 것 같아
너와 함께하는 겨울인데도
너의 차가운 말투와 행동이
내 손과 마음을 시리게 하고
숨조차 쉬기 어렵게 만들어버려

단순히 너 하나로 인해
내 심장은 바깥쪽부터
천천히 아주 천천히
얼어가고 있어

내 손은 자꾸만 얼어가는데
나는 계속 잡힐 듯 말듯
잡히지 않는 너의 손을 잡으려 해

네 손을 잡으면, 뒤늦게라도 잡게 된다면
내 손은 다시 따뜻해질 거라고
다 괜찮아질 거라고 스스로 세뇌를 해
모든 게 다 제자리로 돌아올 거라고
그냥 나 혼자서라도 그렇게 믿고 싶어서

미안해

'미안해'
네가 가장 듣기 싫어하는 말

근데 몇 번 더 미안하다고 말해야 될 것 같아서
미안해

너의 헤어지자는 말만큼은 받아들여 주지 못해서,
내 세상이자 전부인 너만큼은 포기할 수 없어서,
이별을 쉽게 받아들이지 못하는 나라서
미안해

힘들 때마다 우리의 앞날을 저버리고
매 순간이 우리의 마지막이길 원하는 너와는 반대로
위기라고 느낄 때마다 제발 우리의 마지막이 아니길,
이 겨울이 우리가 함께하는 마지막 겨울이 되지 않길
그 무엇보다도 간절히 원해서
미안해

너에게 양보를 잘하던 내가
이것만큼은 이기적이어서
미안해

곁에 머물러줘

'보고 싶다'는 말이 내게 사치라는 걸 알아
너에게 그런 말을 할 자격조차도 없는 나지만

나 너 없이는 못 버티겠어
여긴 숨도 못 쉴 만큼 너무 춥고 힘들어

차가운 바닥에 날 버리지 말아줘
차가운 눈 속에 날 두지 말아줘
추운 겨울에 날 혼자 남기지 말아줘

잠시라도 좋으니 내 곁에 더 머물러줘
따뜻한 봄이 올 때까지만이라도 내 곁에 있어줘

- 당신에게 마지막으로 하고 싶은 말

당신이 지금까지 다 괜찮은 척, 아무렇지 않은 척, 어린 나이에 너무 많은 짐들을 짊어지고 있었던 건 아닌지 모르겠습니다. 많이 사랑했었다면 그만큼 이별에 아픔을 느끼는 건 당연한 일입니다. 그 대상이 가족이든, 일이든, 연인이든 또 다른 존재 무엇이든지 말이죠. 그리고 의도치 않게 가슴 아픈 이별을 했다면 어쩌다 만남 자체를 두려워하게 될 수도 있겠죠.

하지만 우리 모두가 사랑 때문에 아파하고 힘들어할 필요는 없다고 봅니다. 사랑은 좋아서 하는 것이지 아프고 힘들기 위해 하는 것은 아니니까요. 행복한 추억들만 남겨도 모자랄 판에 아파하고 슬퍼하는 것에 시간을 들이기에는 우리의 인생은 너무 짧습니다. 그런 의미에서 당신이 앞으로는 만남을 두려워하거나 사랑 때문에 힘들어하는 일은 없었으면 합니다.

책쓰기반 동아리에서 '사계'라는 주제를 받았습니다. (친구들이 함께 결정한 거죠.) 저는 봄-여름-가을-겨울 계절을 떠올리며 살면서 느껴본 다양한 감정들을 저만의 글로 표현해 낼 수 있어서 좋은 경험이 되었던 것 같습니다.

사실 원래는 제 감정을 글로 표현하는 것에만 중점을 두고 시를 썼던 편이라서 공감과 위로에 중점을 둔 시 쓰기는 처음입니다. 이런 기회를 주신 선생님께 감사합니다.

글을 쓰며 처음에는 걱정도 많았습니다. 그래도 다행히 여러 친구들이 주위에서 아이디어 제공과 피드백, 마무리 수정 작업에 있어서 많은 도움을 줬습니다. 제 작업에 힘을 보태준 친구들에게 너무 고맙고, 부족한 제 글을 읽어주신 당신에게도 진심을 담은 감사의 말을 전하고 싶습니다.

오늘도 사랑하는 하루 되세요.
감사합니다.

열여섯의

_____계절

'나도 작가' 책쓰기반 - 이은율

작가소개

작가명 : 이은율

나이 : 16세(중3)

나의 오랜 시절 꿈은? : 내 음악을 알리는 사람

좌우명 : 사람은 하고픈 것을 해야 행복하다.

나의 취미 : 노래 부르기

내가 좋아하는 가수 : BLACKPINK

내가 좋아하는 음식 : 아보카도

처음 중학생 시절을 보내고 있는(보낼) 당신에게 :
우리 인생의 처음이자 마지막 중학생 시절이다!
후회하지 않게 마지막까지 열심히 하고 긍정적이게
즐겁게 지내고 마무리하자.
지금이든 나중이든 끝까지 포기하지 않고 노력하는
너와 내가 되길 ^^

1. 다사다난 일학년

평범하지만 특별한 중학교 생활의 로망을 가지고 있던 나.

나는 초등학교만 세 곳을 다녔다. 이사를 많이 다녀서 끝까지 한 학교에 다녀 본 적이 없었다. 친구들도! 환경도! 늘 많이 바뀌었다. 그리고 중학교도 두 곳을 다녔다. 그나마 다행스럽게 중학교 때는 1학년에 전학을 왔다. 그리고 더 다행스럽게도 갑자기 들이닥친 코로나 때문에 전학 온 반 친구들까지도 잘 모르는 상태에서 전학을 오게 되어 서먹하지 않고 제법 아무렇지 않게 잘 시작할 수 있었다. 그래서 전학 온 뒤 적응이 힘들지는 않았지만 너무 그리웠다. 내가 하던 운동부, 친구들 다 다른 곳에 있었으니깐. 그래도 전학 마스터인 나는 잘 지내고 있었다.

그리고 코로나에도 조금은 고마움을 느끼기도 했다. 처음 해 보는 온라인 수업들, 수업 과제는 어디에 있고 어떻게 작성해서 내야 하는지. 온라인상에서 수업을 듣고 출석 체크를 하는, 이런 것들이 너무나 생소했지만 그래도 집에서 생활해서 편한 점도 있었다. 그리고 조금은 스마트한 온라인 생활을 경험할 수 있었기 때문이기도 하다.

전학과 코로나로 다사다난했던 1학년. 코로나에 치이고 새로운 환경에 부딪히다 보니 어느새 그렇게 날카롭다는 중2가 코앞에 있었다. 세상에서 제일 무섭다는 중2병을 앞둔 중1.

2. 지내보니 별거 아닌 중2

사람들은 중2를 두고 이렇게 말한다.
"질풍노도의 시기, 자유로운 영혼, 중학교의 얼굴" 등등

사실인 것 같다가도 아닌 거 같은 말이라고 생각한다. 사실 나에게 중2는 그다지 질풍노도의 시기가 아니었기 때문이다.

초등학교 5학년 때 이미 왔다 간 거 같기도 하고… 일찍 사춘기가 지나간 건지 중2 초반에는 생각보다 예민하지 않았다고 생각했다. 그 대신 열심히 놀았다. 처음으로 친구들과 같이 시내도 가보고 마라탕도 먹고 놀이공원도 가고 행복한 시간을 보냈다. 그러다가 어느 순간 현실을 확 깨달았다. 이제 공부를 해야 한다는 걸. 2학년 시험 성적이

1학년 때와 다르게 고등학교 가는데 크나큰 영향이 있기 때문이었다.

열심히 시험 준비도 하고 공부하다 머리와 책을 쥐어뜯고 학원 때문에 울기도 했다. 그리고 그 마음을 알아주지 못하는 엄마는 매일 말로만 "싫으면 그만둬"라고 했다. 이 말은 대한민국 학생이라면 한 번쯤은 부모님께 들어본 말이 아닐까 생각한다. 정말 그 말이 너무나도 싫었다. 가끔은 그냥 다 버리고 싶은 마음이 들 때도 있었다. 그래도 친구가 세상에 전부였던 시기여서 그랬는지 학교에 가서 친구들과 있으면 그런 스트레스 정도는 먼지처럼 어디론가 사라졌다. 그리고 시간도 어느새 눈 떠보니 2022년 시작종을 치고 있었다. 이렇게 2학년의 마침표를 찍었다.

3. 벌써 3학년

마침표를 찍었으니 다시 문장을 시작해야겠지?

아직도 믿기지 않는다. 그때는 더욱더 실감이 안 났다. 내가 16살이라니. 그리고 이때까지도 내가 중학생이라는 사실을 실감할까 말까 했는데 내가 생각보다 많이 컸다는 생각이 불쑥불쑥 찾아왔다.

선생님이 말씀하셨다.

"3학년은 엄청 빨리 간다."

"이제 곧 원서 쓴다."

아무런 느낌이 안 났다는 건 거짓말이고 조금의 두려움과 설렘이 교차했다.

학교생활 자체는 3학년이 편하다. 우리가 최고 학년이다 보니 후배만 있는 것이 뭔가 기분이 좋았다. 그리고 다른 친구들도 공감하듯 공간도 환경도 편해지고 친근해졌다. 또 아는 친구들도 많아져 좋았다. 그런데 좋은 점만 있을 수 없다. 곧 고등학교에 가고 성인이 되는데 목표도 없고 뭘 하고 싶은지도 정해야 할 것만 같은 부담감도 있었다.

사실 하고 싶었던 게 없던 건 아니지만, 부모님의 반대로 하지 못할 거라는 두려움 때문에 말하지 못했던 게 크다. 하지만 시간이 가고 있다는 것을 느끼고 용기를 내 이야기했다. 부모님과 상의하면서 조금 울기도 하고 힘들기도 했지만, 나의 첫 번째 목표를 이루기 위해 시도해 보는 기회를 가지기로 했다.

나의 첫 번째 도전은 바로 노래이다.

사실 지금 정확한 나의 꿈은 가수이다. 물론 나도 안다. 이 길이 얼마나 험하고 힘든지. 이 길을 꿈꾸는 청소년들이 전국에, 더 넓은 세계에 얼마나 많은지 말이다. 하지만 아직 시도도 해 보지 않고 포기하고 싶지는 않았다.

아무래도 어릴 때부터 음악을 전공하신 부모님 밑에서 자랐으니까 더 친근하고 많이 접할 수 있었던 것 같다. 그래도 나는 4살 때부터 동요를 잘 부른다는 소리를 곧잘 들었으며, 초등학교 고학년이 되었을 때는 우리나라 K-POP은 물론 외국 노래들도 많이 들어서 연습도 많이 했었다. 친구들과 부르기도 했고, 대회에 나가고 제법 큰 무대에 서 본 적도 있다.

무대에 오르거나 좋은 결과를 얻으면 내가 진심으로 음악을 좋아한다는 것을 더 잘 느꼈다. 그리고 더 알고, 더 배워보고 싶어졌다. 그래서 나는 부모님께 말씀드렸고 노래를 이제 직접 마주하게 되었다.
아직은 어설프고 부족한 점이 많다.
그래도 칭찬을 받을 때도 있고, 녹음하는 과정에서 나의 목소리가 다듬어지고 실력이 늘었다고 생각될 때마다 조금씩 성장하는 것 같아 기쁘다.

이 순간이 내 미래의 길로 다가가는 한 발짝이 되길 바란다. 아직 꿈을 향해 전력 질주로 뛰진 못하지만 내 나름의 속도대로 천천히 걸어가는 중이다. 다음에 이 꿈 이야기를 꼭 더 할 수 있으면 좋겠다.

그렇게 바쁜 1학기가 지나고 이제 드디어 대망의 3학년 2학기가 찾아왔다. 선생님, 학생들 누구 하나 빠짐없이 앞으로 더욱더 많이 바빠질 것이다.

그리고 그 바쁜 시간을 보내며 이제 나는 학년의 마침표가 아닌 학교라는 문단을 끝맺으려 한다. 그리고 곧 고등학생이라는 문단을 새로 시작한다. 지금 와서 보니 중학교 시절이 허무하게 보낸 시간만은 아닌 것 같다. 다채로웠고 뿌듯한 것도 많았다. 앞으로 더 많은 인생의 글들을 쓰게 될 것이다. 풍성하게 채워졌으면 좋겠다.

　이 글을 쓰는 지금 바람이 불고 노을이 진다. 참 아름답고 적당한 날. 여름과 겨울의 중간인 가을이다. 하루하루가 이렇게 아름다운 날이었으면 한다.

16. 열여섯. Sixteen. 중3

분명 엊그제 초등학교를 졸업한 거 같은데 벌써 중3입니다.

2020년 1월부터 코로나의 시작을 알렸던 마스크와도 이제 정 아닌 정이 들어 벗기가 어색합니다. 중학생은 초등학교 시절보다 빨리 시간이 지나가는지, 코로나 때문인지는 모르겠지만 3년이 너무나 빨리 지나간 거 같습니다. 중3인 저뿐만 아니라 대부분 학생이 그렇게 생각하는 것 같습니다.

올해 제 친구가 책을 읽는 건 싫어하고 무언가를 쓰는 건 좋아하는 저에게 책 쓰기 동아리를 같이 하자고 권유해 주었습니다. 좋은 경험이 되었는데 동아리 시간이 짧아 글을 쓸 시간이 너무 없어서 아쉬웠습니다.

2022년도 라면 한 그릇 먹듯 순식간에 지나가는 중학교 시절을 보낸 것 같습니다. 짧은 동아리 시간이었지만 이렇게 저의 글이 담긴 책과 함께 마무리할 수 있게 되어 뿌듯합니다!

사계절은_____

_____지나간다

'나도 작가' 책쓰기반 - 이재준

작가소개

작가명 : 이재준

나이 : 16세

나의 꿈은? : 누구에게나 존경받는 사람

많이 웃고 사는 사람

좌우명 : 대충 살자. 그래도 즐겁게 살자.

나의 취미 : 특별한 취미 없음

내가 좋아하는 가수 : 진영호

내가 좋아하는 음식 : 신(새콤한)거

 처음 중학생 시절을 보내고 있는(보낼) 당신에게 :

마음속을 좁혀오는 사소한 일은 신경 쓰지 마 지금 이대로

날아가 모두 잊으면 돼 (BUTTERFLY 中)

오늘

드디어

중학교의 마지막 학년. 3학년이 되는 날이다.

  개학 첫날. 반에 들어서자 그간 방학 동안 그리웠던 친구들 몇몇이 보였다. 친구들과 이런저런 이야기를 나누다 보니 반에 담임 선생님이 들어오셨다. 항상 같은 전달 사항 레퍼토리의 잔소리를 하는 선생님의 말씀을 한 귀로 듣고 한 귀로 흘러 듣는 내공을 발휘하며 나의 3학년 첫날은 시작되었다.

  학교의 일상은 작년과 같았다.
  친구들과 떠들다 수업을 시작하고, 때로는 수업 중 졸다가 선생님께 혼나고, 그러다 친구들과 다시 또 수업 듣고. 또다시 살짝 장난 치다 다음 시간에 또 혼난다. 그리고 점심을 먹고. 점심시간에 친구들과 운동장에서 신나게 뛰어놀고, 다음 수업에선 피곤해서 졸다가 혼나고 그리고 마지막 수업이 끝나고 담임 선생님의 종례를 끝으로 비슷비슷한 하루 일과는 끝이 난다. 크게 특별할 것도 다를 것도 없는 나날이다.

학교를 마치고서는 친구들과 PC방에 가서 놀다 학원을 가고, 학원에서는 이해가 안 되는 이상한 기호와 숫자로 수업을 하고, 나는 그것을 이해하기 위해 집중을 아니 집중하는 척을 한다. 끝나면 친구들과 편의점에서 끼니를 대충 해결한 뒤 집으로 가서 학교와 학원 숙제를 본격적으로 시작한다.

이 숙제가 끝나면 새벽이 된다. 세상이 고요하다.

나 혼자만의 시간. 잠시 침대에 누워 핸드폰을 하다 잠에 들고 어느 순간 잠이 들었다가 다시 일어나 학교 갈 준비를 한다. 이렇게 반복되는 일상이 지겹고 힘들고 어려워질 때 지치면 안 된다는 채찍질처럼 수행 평가. 중간고사. 기말고사가 쉴 틈 없이 나를 기다린다.

그리고 이 모든 것들을 겪고 나면 드디어 여름 방학이 시작된다. 사실 나는 방학에도 계속 학원에 가서 수업을 들어야 한다. 하지만 나는 이렇게 반복되고 지겹게 살고 싶지 않았다. 작년에는 그저 반복되고 지겨운 방학을 보냈지만, 이번 방학에는 정말 알차고 멋진 방학을 보낼 것이다. 일단 무계획형인 내가 살면서 한 번도 짜본 적 없는 계획서를 짜기 시작했다. 일단 여름 방학은 아주 덥기에 이 더위를 날릴 수 있는 방법을 찾아야 한다.

며칠간 고민했다. 뭘 해야 좋을까. 어디가 좋을까.

역시 무더운 더위를 날리기 위해서는 계곡만한 것이 없는 것같다는 결론을 내렸다. 그래서 방학 시작 3일 후 친구들에게 연락을 보냈다. 친구들 대부분은 학원 때문에 바쁘다고 했다. 짜슥들 바쁜 척하기는. 그래도 몇몇 친구들은 된다고 한다. 서로의 일정을 조절했다. 그리고 그 친구들과 함께 계곡으로 갔다.

만나는 곳은 버스 정류장. 모두가 모이고 계획을 말했다. 계곡에 가서 완전 열심히 노는 것이 최대의 목표! 돌아오는 버스에서 자다가 버스 기사님이 깨울 정도로 최선을 다해 놀아야 한다고 말했다. 친구들은 이상한 표정을 지었지만 난 마냥 들떴다. 곧 버스가 왔고 우리는 버스에서 내린 뒤에도 꽤 걸어서야 계곡에 도착했다.

더위를 잊기 위해 벌써 많은 사람들이 와 있었다. 가족 단위들도 많았고 대학생쯤 되어 보이는 몇몇 무리도 있었다. 음식에 캠핑의자, 좋은 자리까지 세팅해 놓은 그분들이 부러웠지만 우리는 계곡에 왔다는 사실만으로도 기뻤다. 대충 안전한 구석에 짐들을 풀어놓고 바로 물속으로 뛰어 들어갔다. 우리는 미친개처럼 계곡 물에서 신나게 놀았다.(표현이 너무 저렴한가? 즐거운 강아지라고 하자!)

그러다 친구가 가방에서 물총들을 꺼내서 물총으로도 놀았다.

그렇게 오랜 시간이 지난 뒤, 잠깐 쉬려고 올라왔다. 처음에 무작정 물로 들어간 우리는 계곡과 산의 아름다움을 느끼지 못할 정도로 신나게 놀았다. 그런데 쉬면서 계곡을 올려다보니 정말 아름다웠다. 물도, 산도, 바람도 너무 좋은 순간이었다.

매일 비슷하게 반복해서 지루했던 일상의 틀이 뻥 뚫려서 자유로워진 것 같았다. 그렇게 우리는 간식을 먹으며 쉬다가 한참을 더 후회 없이 놀고서야 집으로 돌아오는 버스를 탔다.

버스 안에서 이런저런 이야기를 나누며 가다 보니 내릴 정류장에 도착했다. 친구들끼리 집에 도착하면 연락하자 하고 각자 집으로 출발했다. 집에 도착하고 씻고 잘 준비를 하고 침대에 누우니 친구들에게 연락할 새도 없이 피곤함에 바로 잠들어 버렸다.

계곡으로 여행 간 힘으로 일주일은 내내 즐거웠다. 물론 일주일이 지나니 다시 지루한 일상이 되어버린 것 같긴 했지만 말이다. 종종 몇 시간이라도 일상 탈출이 필요하다는 것을 실감했다.

방학이 끝날 무렵 계곡에 같이 갔던 친구들과 다시 한번 뭉쳐 PC방을 갔다. 피시방으로 가는 길에 우리는 계곡에서 있었던 일들을 이야기했다. 어떤 친구는 계곡에서 잠수를 하며 놀던 게 기억이 난다고 했고, 어떤 친구는 물총으로 자기만 맞은 거 같다며 웃으며 말했다. 여벌옷을 챙겨가지 못해 난감해 했던 친구의 이야기. 다음에는 좀 더 커서 계곡에서 고기를 구워 먹자는 이야기. 시시콜콜한 추억들을 풀어냈다. 계곡에서 보낸 이야기를 하다 보니 여름의 더위를 잊었던 것 같다. 하루의 힘이 이렇게 크구나.

그렇게 방학이 흐르고 금세 개학날이 되었다. 이제는 2학기다.

2학기가 시작되니 여러 가지 생각이 들기 시작했다. 매일 학교에서 꾸벅꾸벅 졸기만 하니 수행 평가도 시험도 그렇게 잘 보지 못해서 고등학교 진학 문제로 고민이 많았다. 내가 공부를 잘하는 편도 아니고, 그렇다고 미술이나 음악, 체육을 뛰어나게 잘하는 것도 아니다. 내 주위 친구들은 모두 공부를 잘하는 편이다. 엄친아, 엄친딸들이 많다. 나는 내 친구들이 좋았지만 이런 생각을 할 때마다 너무나 부러웠다.

내가 노력을 하지 않은 게 맞지만 그래도 너무나 부럽긴 하다.

하지만 어쩔 수 없다. 그렇다고 친구들에게 공부하지 말라고 할 수는 없으니까. 나는 정말 마음을 먹고 공부를 하기 위해 책을 폈다! 그런데 펴자마자 깨달았다.

'아뿔싸, 지금 내 머릿속에는 아무것도 없구나.'

학원에서는 나 빼고 모두 진도 내용을 이해하는 눈치였고 그렇다고 학교에서는 졸아 버려서 수업을 들어도 들은 것 같지 않았다. 나는 책을 펴고 그냥 무작정 교과서의 내용을 정리하기 시작했다. 그리고 학교가 끝나면 친구들과 PC방이 아닌 집으로 와서 공부하기 시작했다.

학교, 학원, 집을 번갈아 가며 마치 기계처럼 움직였다. 이런 삶이 익숙해질 때쯤 중간고사가 시작되었다. 그렇게 중간고사가 끝나고, 다시 기계처럼 움직이다 중간고사 결과가 나왔다. 1학기보다는 높게 나왔지만 엄청난 차이가 있던 건 아니었다. 조금 실망도 했다. 아니 사실 많이. 좀 더 노력하고 싶었지만 의지가 꺾인 나는 결국 그냥 다시 평범한 일상으로 돌아왔다. 돌아왔다고 하기에 학교에서 바로 PC방으로 가는 것 말고는 달라진 게 없긴 하지만 말이다.

그렇게 하루하루가 또 지나고 다시 기말고사 기간이다. 기말고사가 다가왔다는 것은 곧 고등학교 원서를 내야 한다는 것이다. 친구들은 내가 가고 싶은 학교와 다른 학교를 가고 싶어 했다. 아무래도 성적 차이가 많이 나니 어떤 친구는 과고를 준비하는 친구들도 있었다. 기말고사가 끝나고 친구들은 서로서로 답을 맞춰 보며 자신의 점수를 알기 위해 바쁘게 움직였다. 하지만 나는 답을 맞춰보지 않고, 집에 가기 위해 준비하고 있었다. 더 이상 시험지를 보고 싶지 않았다. 결과는 말하지 않겠다.

그렇게 나의 중학교 마지막의 겨울이 시작되었다. 겨울 방학은 아주 추웠다. 춥기만 했던 게 아니다. 외롭기도 했다. 이제는 더 이상 친구들을 볼 수 없을 수도 있다. 다른 학교에서 서서히 멀어질 수도 있다는 생각에 서글퍼졌다. 그렇게 나는 멍하게 거리를 걷다 맛있는 냄새가 나는 곳으로 향했다. 아무 생각 없이 그 냄새가 나는 곳으로 갔다. 따끈따끈한 붕어빵이 있었다. 나는 붕어빵을 사서 먹으면서 작년 겨울 방학을 떠올렸다. 작년에는 이 붕어빵을 나 혼자가 아닌 친구들과 나눠먹으면서 이 거리를 지나고 있었다. 나는 그것을 추억하며 작년 친구들과 함께 놀러 갔던 시내를 걷기 시작했다. 나는 그 골목 곳곳에서 마치 작년의 내가 눈앞에 보이는 것 같았다.

문득 폰을 꺼내 들고 친구들에게 연락을 해볼까 했지만, 포기했다. 친구들을 불러도 결국엔 고등학교 이야기가 나올 것이다. 나는 친구들이 좋은 고등학교에 들어가는 것을 진심으로 축하해 줬었다. 하지만 나는 내심 정말 부럽기도 했다. 그래서인지 나는 친구들을 만나는 것이 힘들게 느껴졌다. 내가 자꾸만 친구들보다 작고 초라하게 느껴졌다.

나는 터벅터벅 걸어가면서 뜨거운 붕어빵을 먹으며 친구들과 함께 놀러 다녔던 곳을 혼자 다녔다. 그래도 그 순간, 붕어빵이 있어서 얼마나 다행이었는지 모른다. 몸도 마음도 추웠는데 붕어빵만큼은 아주 뜨거웠으니까.

그렇게 나는 붕어빵을 다 먹고 집으로 돌아가기 위해 발길을 돌렸다. 집으로 돌아가는 길에 내가 아는 친구들 중 가장 똑똑했던 친구를 만났다. 사실 마음이 조금 불편했지만 자신 있게 인사를 했다. 친구는 요즘 왜 이리 연락이 없냐고 물었고 최근에 조금 바빴다고 대충 말하고 넘어갔다. 오랜만에 시간이 난 친구는 게임을 하자고 했다. 하지만 나는 아직 친구들을 만날 용기가 없었다. 약속이 있다는 핑계를 대며 도망치듯이 작별인사를 마친 뒤 집으로 왔다.

방문을 열면 가장 먼저 책상이 눈에 띈다. 그리고 그 책상 위에 여름 방학 때 계곡에서 친구들과 찍은 사진 속 환하게 웃는 내가 있다. 쟤들은 쟤들의 방향으로 간 것뿐인데 왜 나는 혼자서 서운하고 속상하고 한심한지, 왜 내가 친구들을 만나는 게 불편하고 두려운지 생각하기 시작했다.

곰곰이 생각해 보니 나는 친구들이 그저 부러웠을 뿐, 친구들 자체를 미워하지 않았다. 나는 이렇게 다짐했다.

'나는 나고 친구는 친구다.' 나는 그 마음 그대로 주섬주섬 다시 나갈 준비를 했다.

친구들과 매일 가던 PC방으로 향했다. 그리고 올라가는 엘리베이터에서 다시 한번 생각했다. 내가 공부를 못 한다고, 내가 친구들과 떨어진다고 다시는 못 만나지 않을 것이라고. 언젠간 결국엔 다시 만날 수 있을 거라고. 지금 내가 친구들을 만나러 가는 것처럼. 무엇보다 '나는 그냥 나다.'라고 말이다.

PC방에 도착해 요금을 충전하고 친구들을 찾기 시작했다. 하지만 보이지 않았다. 나는 혼자 온갖 상상을 하며 오지랖을 부렸던 것 같다. 다시 집으로 돌아가려고 할 때, 익숙한 목소리가 들려왔다. 반대쪽에 있던 친구들이었다. 나는 등을 돌리고 친구들을 찾느라 못 봤는데 친구들이 먼저 날 불렀다. 나는 반가운 웃음을 숨기지 않고 그곳으로 갔다.

초등학교 중학교 거의 7~8년씩 같이 놀고 자랐던 친구들이다. 게

임을 하며 친구들과 이야기를 시작했다. 이런저런 이야기를 하다 보니 졸업하기 전에 다시 한번 다 같이 놀러 가자는 이야기가 나왔다. 친구들과 나는 당연히 모두 오케이!

원래는 놀이동산에 가려고 했다. 스릴 넘치는 놀이 기구를 타며 스트레스를 싹 날려 버리려고 했다. 그런데 눈이 많이 와서 놀이 기구의 운행이 중지되었다는 공지가 홈페이지에 떴다. 갑작스러운 변경에 친구들과 나는 뭘 할지 생각하다 영화를 보고 생각해 보자는 결과가 나왔고 우리는 영화관에 도착했다. 서둘렀지만 막 상영시간이 시작된 영화관에 들어가니 벌써 광고가 나오고 있었다.

우리가 봤던 영화의 내용은 주인공과 친구들이 겨울 동안 일어났던 일에 대한 영화였다. 그 영화의 마지막 장면은 주인공과 친구들이 눈싸움을 하며 신나는 모습으로 끝나는 해피엔딩의 영화였다. 그 모습이 영화 보러 간 우리들 모습 같았다. 나는 영화관을 나와서 친구들과 공원에 가서 눈싸움을 하자고 했다. 그리고 공원으로 갔다. 해가 질 무렵의 공원의 풍경은 정말 멋졌다. 아직 아무도 그곳을 안 왔는지 발자국 하나 없는 새하얀 바닥을 보며 정말 어린 아이들처럼 뛰어 놀기 시작했다.

조금 전 본 영화의 엔딩처럼 신나게 눈싸움을 하며 놀다가 눈사람도 만들고 인증샷도 찍었다. 이렇게 놀다 보니 정말 추워져서 모두들 귀까지 빨개졌지만 신났다. 신나는 눈싸움을 마치고 근처 카페에 가서 따뜻한 음료를 시키고 기다리며 이때까지의 중학교 생활을 추억하며 수다를 떨었다.

나와 친구들은 따뜻한 음료를 마시며 몸을 녹였다. 따뜻한 음료는 몸만을 녹이는 게 아니었다. 마음도 녹여주는 것만 같았다. 그리고 친구들이 있어서 더 따뜻했던 것 같다. 불과 몇 시간 전만 해도 얼어붙었던 내 마음이 녹았다. 이 친구들과의 추억들을 모아서 모든 것을 책으로 쓴다면 정말 재밌는 책이 나올 것만 같았다.

밖은 춥고 차가운 겨울이었지만, 따뜻한 음료와 따뜻한 공간, 그리고 따뜻한 친구들까지. 그야말로 따뜻한 순간이었다. 그렇게 우리는 한참을 이야기하고서 카페를 나왔다.

우리가 카페에서 나올 때까지 밖에는 아직 눈이 많이 내리고 있었다. 펑펑 내리는 눈을 보자 우리는 다시 눈싸움을 하고 싶었지만 더 이상 한다면 정말이지 동상에 걸릴 것 같았다. 집에서도 엄청 혼이 날 것 같고 말이다. 그렇게 우리는 아쉽지만 하루를 마무리했다.

이렇게 겨울 방학은 끝나고 졸업식 날이 되었다.

중학교 3학년. 나는 지루하고 반복적인 하루하루가 힘들고 지겹다고 생각했다. 지금은 그 모든 게 느껴지지 않는다. 아니 마음이 달라졌다. 힘들었던 여름과 겨울을 무사히 보내고 이제 조금 더 성장한 나의 봄이 기다리고 있으니까.

나는 이제 졸업을 한다. 고등학교 가면 새로운 날들이 기다리고 있을 것이다. 나의 새로운 봄-여름-가을-겨울이 기대된다.

힘내 보자! 나, 그리고 친구들 모두.

저는 사실 글을 쓰는 걸 싫어하고 어려워했습니다. 그런 제가 인생에서 이런 글은 쓰게 될지는 상상도 못 했습니다. 하지만 이번 기회에 원하는 글을 써보고 또 친구들의 글과 함께 묶어 낸다는 게 굉장하다고 생각했습니다.

늦게 고백하지만 사실은 "사계절"이라는 주제가 저는 싫었습니다. 모두에게 당연하게 느껴지고, 흔하게 생각할 수 있는 주제라 선택되었습니다. 그런데 저는 무엇을 어떻게 써 내려가야 할지 아무리 생각해 봐도 마땅한 해결책을 찾지 못했습니다. 처음에는 여러 가지 시도를 했었습니다. 말도 안 되는 판타지 이야기, 나름대로의 교훈(?)을 담아보려는 이야기 등을 시작했지만 모두 완성도는 10%도 되지 않았습니다. 그래서 저는 현재 저희 또래 아이들이 느낄 만한 이야기를 써봤습니다. 저의 생각과 경험도 추가해서요. 하지만 저는 이 글에도 불만이 많습니다. 아마 제가 쓸 때로 돌아간다면, 아마 다른 이야기를 썼을지도 모르겠네요.

제가 쓴 글은 그저 하루하루가 반복적이고 지루했던, 졸업을 앞둔 중학교 3학년 남학생의 이야기입니다. 계절이 변하듯 변하는 기쁘고 우울한 순간순간들. 소심하게 마음을 잡는 순간도 나오는 아주 평범한 남학생들을 위한 일상 성장 소설입니다.

여름과 겨울 방학을 중심으로 방학 동안 친구들과 신나는 시간을 보내고, 무사히 졸업을 한다는 경쾌한 내용으로 글을 쓰고 싶었지만 막상 쓰다 보니 생각보다 잘 안 써져서 당황했습니다. 앞뒤가 맞지 않는 것 같기도 하고 나의 이야기인 것 같으면서도 아닌 것 같고 쓰다 보니 자꾸만 다른 길로 빠졌습니다. 하지만 어떻게든 끝내야겠다는 생각이 들어 제 나름대로 노력했습니다.

중간에 성적 이야기가 살짝, 아주 살짝 나오게 됩니다. 상당 부분 허구이지만 그 이야기는 제 이야기와 조금 비슷합니다. 제 주변 친구들은 대부분 공부를 잘하는 편입니다. 지금 당장 생각만 해도 많은 친구들이 떠오르는데 그 친구들의 2/3가 공부를 잘하는 편이기도 합니다. 가까이 지내는 친구는 현재 과고를 준비하고 있는데 저는 과고는 무슨 가까운 원하는 고등학교를 갈 수 있을까 라고 생각할 정도로 공부를 잘하는 편이 아닙니다. 저는 잘하는 것도, 좋아하는 것도 아직은 찾지 못한 몹시 평범한 학생일 뿐입니다. 하지만 저는 언젠간 제가 잘할 수 있는 것을 찾게 될 거라고 생각합니다.

(…)

후기를 쓰고 또 시간이 지났습니다. 정말 중학생 시절이 끝나가고 있습니다. 그 사이 저는 선 지원고 고등학교로 가서 시험 면접을 보고 합격했습니다. 몇몇 아이들은 합격하지 못했고, 과고를 준비한다던 친구도 떨어지게 되었습니다. 그 친구 말로는 학교가 인재를 놓쳤다 라며 태연한 척 괜찮은 척했지만, 사실은 슬프고 아쉬운 마음도 있었을 겁니다. 저는 그 친구를 정말로 응원해 주고 싶습니다. 열심히 노력했고 모두가 해피엔딩이길 바라니깐요. 저는 고등학교에 가서 더 열심히 살겠습니다. 그리고 친구들도 그러기를 바랍니다.

이상 부족하지만 나름대로 재밌게 써보려고 노력한 저의 이야기를 읽어 주셔서 감사합니다.

여름,＿＿＿＿＿＿＿

＿＿＿＿그리고 우리

'나도 작가' 책쓰기반 - 이지연

작가명 : 이지연

나이 : 16세

나의 오랜 시절 꿈은? : 그림 그려서 잘 먹고
행복하게 살기

좌우명 : 할 말은 하면서 살자!!

나의 취미 : 그림 그리기, 소설 읽기

내가 좋아하는 가수 : 세븐틴, 루시

내가 좋아하는 음식 : 싫어하는 것 빼고 다

 처음 중학생 시절을 보내고 있는(보낼) 당신에게 :
호랑이에게 물려가도 정신만 차리면 살고,
중학교 가도 정신만 차리면 된다.
걱정 마!

시작하다

저는 평소 글쓰기를 좋아했습니다. 아이디어도 다양하게 많고, 상상하기도 좋아하는 편이라 편하게 이것저것 쓰곤 했습니다. 하지만 이렇게 진지하게 글을 써 본 것은 처음이라 그런지 다소 어려웠습니다. 평소 읽던 소설들이 장편이라 글 쓸 때도 장편소설의 호흡으로 쓰게 되었는데 제가 써야 하는 소설은 단편이었던 문제라던가 아이디어가 많다 보니 이것저것 생각나는 게 많아 머릿속에서 정리도 어려웠습니다. 그리고 쓰다 보니 초기의 의도와는 조금 다르게 이야기가 진행되는 일도 있었습니다. 정해진 마감 기한 내에 글을 끝낼 자신도 없어 정말 걱정을 많이 했는데 어떻게든 이렇게 도전해 보았습니다.

계절이라는 주제와 꿈이라는 소재. 그리고 갑자기 떠오른 "여름이었다."라는 한 문장 때문에 이 글이 시작되었습니다.

(학교도서관 한 쪽에 붙어 있던 구절입니다.) 상상 속에 있던 이야기들을 풀어내고, 겸사겸사 환상 속의 멋진 도서부 등으로 대리만족을 하며 즐겁게 썼습니다.

좋은 기회를 주신 사서 선생님 감사합니다.

1. 꿈

여름은 꿈을 자주 꾼다.

깨어나고 나면 잘 기억하지 못한다고들 하지만, 일어난 직후에는 꿈의 내용이 머릿속을 떠돈다. 여름은 기억나는 꿈 내용을 노트에 적는다. 아침에 일찍 일어나는 덕분이다. 매일 아침, 꿈 내용을 적은 여름은 시간이 날 때마다 그 내용을 정리해 블로그에 올린다. 블로그. 그것은 여름이라는 사람을 캐릭터로 정리할 때, 꿈과 함께 독특한 설정으로 정리될 내용이다.

솔직히 요즘 사람들은 인스타그램에 사진을 올리지 블로그를 쓰진 않는다. 그럼에도 여름이 블로그를 쓰는 이유는 여름이 글쓰기를 좋아하기 때문이다. 여름은 글, 그중에서도 소설 쓰기를 좋아한다. 그 때문인지, 비 오는 날이면 마치 소설 같은 꿈을 꾸곤 한다. 장소도, 시대도, 사람의 모습도 다르지만 꿈속의 여름은 항상 같은 사람을 만난다. 때로는 중세 유럽의 귀족이기도 하고, 때로는 조선시대의 평범한 백성이기도 하다. 누구인지 모를 그 사람은 장소가 바뀔 때마다 모습이 다르지만 여름은 그가 같은 사람이라는 사실을 안다.

오늘도 비가 왔다. 비가 오면 꿈 때문에 깊이 잠들지 못해 아침이 피곤하다. 그렇기에 여름은 이름과는 달리 긴 장마 기간이 있는 여름을 그리 좋아하지 않는다. 힘겹게 일어난 여름은 시계를 보았다. 평소 일어나던 시간보다도 일찍인 시간이다. 잠도 오지 않았기에 책상 앞에 앉은 여름은 또다시 습관적으로 노트를 꺼냈다. 오늘 꾼 꿈은 평소보다 머릿속에 생생하게 남아 있었다. 여름은 나무 아래에서 책을 읽고 있었고 그 사람은 여름의 옆에서 검은 고양이를 쓰다듬고 있었다. 나무 그늘 아래로 따뜻한 햇볕이 스며들었다. 기분 좋은 초여름 오후였다.

거기까지 쓴 여름은 잠시 행동을 멈추었다. 이왕 일찍 일어난 김에 처음부터 블로그에 써서 올리는 것도 나쁘지 않을 것 같았다. 비 오는 날의 꿈에 대해서는 한 번도 블로그에 올린 적이 없었다. 잠시 고민하던 여름은 이내 노트북을 켰다.

2. 우연

집을 나선 여름은 주머니 속 핸드폰의 진동에 화면을 확인했다. 블로그 알림이 와 있었다. 알림의 주인공은 여름의 블로그 이웃인 '하현'으로 여름이 좋아하는 잔잔한 문체로 글을 쓰는 사람이었다. 평소에 잘 보이지 않더니 웬일인가 싶었던 여름은 이내 발걸음을 멈추었다.

[신기하네, 나도 비슷한 꿈을 꿨는데.]

정말 신기했다. 하지만 안타깝게도 판타지는 여름의 주 전공이 아니었다. 대신 여름에게는 판타지 소설을 사랑하는 친구가 있었다. '봄'이라는 이름을 가진 친구는 이름처럼 따뜻하고 부드러운 성격의 소유자였다.

…… 대외적으로는 그랬다. 대부분의 사람들은 봄이랑 소설 이야기를 하진 않으니까. 여름의 친구 봄은 관심 분야와 관련된 이야기에 과하게 흥분하는 경향이 있었다.

"비 올 때마다 비슷한 꿈을 꾼다고? 근데 매번 같은 사람이 나오고? 오늘 그 이야기를 블로그에 했더니 같은 꿈 꾼 사람이 있었고? 너는 왜 이런 재밌는 이야기를 이제야 나한테 말해 준 거야!"

"딱히 특별하게 생각해 본 적이 없어서……"

"야~! 이게 어떻게 특별하지 않은 거야. 너랑 그 사람이랑 사실 전생에 알던 사이 아니었을까? 완전 신기하다."

"그러게, 신기하네."

신기하기는 했지만 여전히 별로 중요한 일이라고 생각하지는 않았다. 꿈에 나온 사람이랑 실제로 만날 일도 없거니와, 그 사람이 실존

하는 사람인지조차 불분명했다. 비슷한 꿈을 꾼 건 우연이라 생각할 수도 있고. 하지만 어쩐지 석연치 않은 구석이 남아있던 여름은 집에 가서 하현에게 쪽지를 보내봐야겠다는 생각을 했다.

3. 만남

그리고 꽤 긴 시간이 지났다. 더운 시간보다 추운 시간이 길어 겉옷을 입고 다녀야 했던 시간은 지나갔고, 폭풍 같은 기말고사도 끝나 학생들 사이의 분위기도 풀어졌다. 학교도 단축수업을 해 시간이 남았던 여름은 오랜만에 도서관에 가기로 마음먹었다. 학기 초에는 나름 자주 갔던 것 같은데 시간이 갈수록 학교도서관에 가는 횟수가 줄었다.

'이게 다 시험 끝나고 너무 여유로워져서 그런 거지.'

여름은 그렇게 자기합리화를 하며 도서관으로 향했다.

도서관에 가자 북적이던 도서관이 다들 일찍 마쳤다고 놀러갔는지 사람이 거의 없었다. 도서부들도 이야기하는 아이들도 없어 그야말로 정적. 언제나 시끌벅적하던 중학교 도서관이 비정상적으로 조용했다. 읽고 싶었던 책 몇 권을 뽑아들고 서가를 돌던 여름은 이내 대출대로 향했다.

"안녕하세요 선생님."

"안녕, 여름이 오랜만에 왔네?"

"네. 정신없이 살다 보니까 벌써 7월이네요……."

"하하, 시험 때문에 정신없었지? 시험 친다고 고생했어. 앞으로는 좀 더 자주 오기다~"

사서 선생님은 책의 바코드를 찍으며 웃는 눈으로 말을 마쳤다. 책을 가방에 집어넣고 물러서던 여름은 뒤에 서 있던 누군가와 부딪혔다. 뒤를 돌아보니 처음 보는 학생이 조용히 서 있었다. 처음 보는 얼굴인데 어쩐지 기시감이 들었다. 여름을 지나쳐 책상에 가방을 둔 학생은 반납된 책 몇 권을 집어 들고서는 서가로 향했다.

'누구지? 도서부인가? 점심시간에는 한 번도 못 봤는데.'

"선생님, 혹시 제가 모르는 도서부도 있었나요?"

소곤거리는 여름의 말에 사서 선생님은 저 친구? 하고 말한다.

"2학기에 새로 뽑았어. 주로 방과 후에 와서 네가 못 봤나 보다. 아니면 여름이가 요즘에 너~~~무 자주 안 와서 몰랐나?"

"아~ 쌤!!"

여름을 가볍게 놀리는 선생님 때문에 두 사람은 동시에 웃음을 터뜨린다. 그 뒤로 잠시간 더 이야기를 나눈 여름은 집에 가기 위해 돌아섰다. 서가 쪽을 힐끗 쳐다보는데 방금 대화의 주제였던 학생과 눈이 마주쳤다.

"…… 안녕?"

"……."

싸늘하다. 가슴에 비수가 날아와 꽂힌다.

조심스레 건넨 인사는 묵살당하고 몹시 뻘쭘해진 여름은 도망치듯 도서관을 빠져나왔다. 등 뒤로 사서 선생님과 이름 모를 학생의 대화소리가 들렸다.

'뭐야. 쟤는 왜 사람 인사를 무시해? 자기 이야기하는 게 싫었나? 근데 나쁜 말 한 것도 아닌데…… 그래도 기분 나빴으려나?'

혼란스러운 머릿속의 폭풍을 뒤로하고 여름은 집으로 향했다.

문제는 그 다음에 발생했다.

* * *

"글쓰기 모임이요?"

"그래. 너희 둘 다 책 좋아하니까 다른 애들이랑 다 같이 모여서 수다도 떨고 글도 쓰고 하면 좋을 것 같은데."

"아, 제가 읽기는 좋아하지만 쓰는 건 영 재능이 없어서요. 여름이
만 데려가시면 안 될까요?"

"야, 이봄! 너 이렇게 날 배신하는 거야?"

조용해야 할 도서관이 이렇게 소란스러워진 이유가 무엇인가 - 바
로 사서 선생님께서 글쓰기 모임 가입을 권유한 덕이었다.
방학 동안 방콕 생활을 방해할 일은 만들고 싶지 않았던 봄 vs 홀
로 모임에 가고 싶지 않았던 여름.
이들의 치열한 접전은 여름이 카페에서 음료를 사주겠다고 한 뒤
에야 끝났다.

"글을 못 써도 그냥 즐기면 되는 거니까 너무 걱정하지 말고. 어차
피 다 아는 애들이라 재밌을 거야."

"네. 그럼 다음 주에 뵐게요!"

어느새 카페에 도착한 두 사람은 음료를 하나씩 시키고는 자리에
앉았다. 여기서 제일 비싼 것으로 먹겠다는 봄을 말리느라 여름은 너
덜너덜해졌지만 어쨌거나 둘 모두에게 만족스러운 거래였다. 음료를
마시며 수다를 떨다 보니 대화 주제는 여름의 꿈으로 흘러가 있었다.

"맞다. 그 신기한 꿈 있잖아, 비 올 때마다 꾼다는. 그건 어떻게 됐어?"

"어떻게 되긴 뭘 어떻게 돼. 시험이랑 수행 평가 때문에 정신없어서 잊고 있었는데 방금 네가 알려줬지."

"뭐? 그걸 어떻게 까먹어!! 너랑 비슷한 꿈 꾼 사람한테 물어봤어? 그 사람도 비 올 때마다 그 꿈 꾸냐고?"

"말했잖아, 까먹었다고. 그리고 네 가설이 맞아도 신기하고 말지, 어디 사는 누구인지도 모르는데 뭘 하겠다고."

"신기하고 만다니 그게 핵심인데! 넌 도시 한복판에 몬스터가 나타나고 초능력자가 그걸 잡아도 신기하고 말거야?"

"너 요즘 그런 거 보니?"

"아니, 그게 아니라!!"

봄은 답답하다는 듯 한숨을 푹 내쉬었다. 카페에서 두 번째로 비싼 음료를 쪽 빨아 마신 그녀는 말을 이었다.

"찝찝하지 않아? 뭔가 풀리지 않은 문제가 남아 있는 거. 실제로 그 사람을 만나진 않더라도 이게 초자연적 현상인지 우연인지 알면

속이라도 시원하지 않겠어?"

"그런가……"

"혹시 모르지, 서로를 인지하게 되면 그런 꿈을 그만 꾸게 될 수도 있잖아. 장마철 기간 동안 잘 못 자는 거 엄청 불편하지 않아?. 혹시 운명의 두 사람을 만나게 하기 위한 신의 계시, 뭐 그런 걸지도 몰라."

묘하게 설득력 있는 말에 현혹된 여름은 고개를 끄덕였다. 확실히 깊게 잠들지 못해 피곤한 날들이 이어지면 힘들었다. 그렇다고 누군가를 만나면 꿈이 목적을 달성하고 사라지진 않을 것 같지만, 속는 셈 치고 현실성 없는 말을 믿어보는 것도 나쁘지 않겠다는 생각이 들었다.

"어차피 조금만 있으면 방학이니까 내 궁금증을 해소시켜 주는 것도 좋지 않을까 여름아?"

"그럴까? 뭐…… 물어만 보는 거야 별로 어려운 일도 아니니까 한 번 해보지 뭐."

"물어보고 나한테 꼭 알려줘. 알겠지?"

카페에서 나와 집까지 걸어가는 동안 여름은 생각에 잠겨 있었다. 물어보는 건 정말 어려운 일이 아니었다. 그런데 그 다음은? 정말 나랑 같은 꿈을 꾸는 사람이 있다면 그땐 어떻게 되는 거지?

4. 어색함 그리고 익숙함

책 쓰기 모임이 만나는 첫날이 다가왔다. 첫 모임 장소인 학교 도
서관으로 가보니 벌써 인원의 반 이상이 와 있었다. 총 인원이 열 명
정도 밖에 안 되는 작은 모임이었기에 사람들이 다 모이는 데에는 그
리 오랜 시간이 걸리지 않았다.

"사서 선생님이 오늘은 우리끼리 이야기 나누면서 친해지는 시간
을 가지라고 하셨는데…… 거의 다 아는 사이인가?"

"아마도? 모르는 친구들은 이제부터 알아 가면 되지. 아, 여기 봄,
여름, 겨울 다 있네? 가을만 있으면 완벽한데."

몇몇 친화력 좋은 친구들의 주도로 분위기가 풀려가던 도중 이름
이야기가 나왔다. 우리 학교엔 봄, 여름밖에 없는 줄 알았는데. 겨울
이라는 사람이 있었나?

"겨울? 겨울은 누구야?"

"여기 우리 도서부원! 둘이 모르는 사이구나? 인사해, 이쪽은 도서
관 단골인 책 좋아하는 여름이, 그리고 이쪽은 도서부의 조용함 담
당인 겨울이."

저번에 여름의 인사를 받아주지 않았던 그 학생. 그 친구의 이름이 겨울이었다. 어색한 인사를 나눈 두 사람은 그 이후 집에 갈 때까지 대화를 하지 않았다.

봄은 학원으로 떠나고, 혼자 집으로 가던 여름은 인기척에 뒤를 돌아보았다.

'집이 이쪽인가?'

여름에게서 몇 발자국 떨어진 거리에 겨울이 천천히 걸어오고 있었다. 시선이 마주치자 여름은 손을 흔들었고 겨울은 고개만 살짝 끄덕였다. 그런 겨울의 행동에 여름은 짜증이 났다. 그 자리에 멈춰 서서 겨울이 올 때까지 기다린 여름은 불쑥 말을 꺼냈다.

"너 나 싫어해?"

"…… 뭐?"

"나 싫어하냐고. 저번에도 내 인사 안 받아줬잖아. 혹시 내가 뭐 잘못했어?"

두 사람 사이를 더운 바람이 휩쓸고 지나갔다. 이어지는 정적에 여름은 한숨을 푹 내쉬고는 뒤돌아 걸어갔다. 뒤따라오는 발걸음 소리에 계속 신경이 쓰였다. 그때 뒤에서 작은 목소리가 들렸다.

"……는데."

"뭐라고? 다시 말해 줄래? 못 들었어."

"일부러 무시한 거 아니야. 그냥…… 전부터 친해지고 싶었는데 갑자기 네가 먼저 말 걸어서 순간 당황했어. 기분 나빴으면 미안해."

겨울의 말이 끝나자마자 드라마 연출처럼 바람이 휭 하고 불어왔다. 길가의 초록빛 나뭇잎을 배경으로 겨울의 긴 머리카락이 바람에 휘날리자 여름은 아득한 기분이 들었다. 인터넷 소설에 빙의한 주인공의 심정이 이해가 갔다.

'내 인생이 무슨 웹 소설도 아니고…… 친해지고 싶었어 라는 뻔하디 뻔한 전개람?'

가까스로 정신을 차린 여름은 그제야 합리적인 질문을 하기 시작했다. 우리가 언제 봤다고? 저번에 한 번 본 게 다 아니었나? 친해지고 싶었으면 대답이라도 해주면 저번 오해는 생기지 않았을 텐데……

"아니 그럼 말을 하지 왜…… 그보다 어쩌다가 나랑 친해지고 싶어진 거야? 우리 저번에 도서관에서 처음 본 거 아니었어?"

"전에도 봤어. 전학 오고 얼마 안 돼서 도서관 갔는데 네가 책 고르고 있는 모습 몇 번 봤어."

"도대체 어느 부분에서 호감을 느껴 친해지고 싶었던 거야? 무슨 첫눈에 반한…… 그런 거야?"

농담이었지만 진심이냐고 묻는 듯한 눈빛을 본 여름은 입을 다물었다. 사람 되게 무안하게 만드네.

"하하, 뭐 반한 거 까진 아니지만 그냥 친해지고 싶다는 생각이 들었어. 뭔가 익숙한 느낌이었거든."

"그래? 신기하네, 나도 그런데."

둘은 천천히 걸음을 옮기며 대화를 이어나갔다. 그리 좋지 못했던 첫인상과는 달리 둘은 꽤나 잘 맞았다. 겨울이 좋아하는 책을 여름도 좋아했고, 여름이 추천한 음악을 겨울도 마음에 들어 했다. 사람은 자신과 관심사가 비슷한 사람과 쉽게 친해진다. 여름과 겨울도 마찬가지였다. 별다른 이유 없이도 마치 오래전부터 알던 사이처럼 가까워졌다. 둘이 친해진 사실을 알게 된 봄이 조금 질투했을 정도였으니까 말이다. 그래도 제일 친한 친구는 봄이니까. 여름은 생각했다.

5. 지각 변동

방학은 순식간에 흘러갔다. 글쓰기 모임도 끝을 맞았고, 학원의

방학 특강도 끝났다. 비로소 자유를 만끽하고 있던 찰나, 휴대전화
가 울렸다.

　← 뽐

〈[여름이 뭐하니]

　[할거없음. 놀자] 12:48

12:48 [뭐할거야?]〉

〈[일단 나와]

　[공X가자]

　[겨울이도 부르고]

　[언니가 쏜다] 12:49

12:49 [ㅇㅋ 바로감]〉

　봄의 주도하에 순식간에 약속이 잡혔다. 간만에 모인 셋은 이야기
꽃을 피웠다. 요즘 재미있는 소설, 인기 있는 가수, 학교에서의 소문
과 사건사고 등등. 한참을 그렇게 떠들다가 여름의 글에 대한 이야기
도 나왔다. 자신의 꿈에서 아이디어를 얻은 여름은 꿈에서 만난 사람
을 찾아가는 로맨스 판타지 소설을 썼다.

　"나 완전 놀랐잖아, 여름이 얘가 로맨스 소설을 쓸 줄이야. 아닌 척
하면서 은근히 이런 생각을 하고 있었구나?"

　"네가 자꾸 꿈 이야기 들을 때마다 '어머 운명의 상대!!' 이래서
그렇잖아."

"꿈? 무슨 꿈?"

꿈 이야기를 듣지 못했던 겨울이 궁금하다는 듯 되묻는다. 아차! 싶었던 여름이 입을 열려는 찰나, 봄이 먼저 말을 꺼낸다.

"아, 얘가 비 올 때마다 꾸는 꿈이 있거든. 매번 같은 사람이 나온대. 근데 그 꿈이랑 비슷하게 꿈을 꾸는 사람이 있다나 봐. 신기하지 않아?"

겨울은 봄의 말을 듣고 고개를 끄덕였다. 그리고 말이 없었다. 괜히 말해 줬나 싶어 봄은 여름의 눈치를 살짝 살피고, 여름은 조용히 겨울을 기다린다. 마침내 겨울이 입을 연다.

"나도 그런데. 어릴 때부터 비 오는 날 꿈을 꿔. 난 잘 기억은 안 나지만…… 비슷한 꿈을 자주 꾸길래 전생 같은 건 줄 알았는데."

"정말? 신기하다. 혹시 조선시대 배경으로 자주 꾸지 않아? 흰둥이같이 생긴 강아지 안고."
"어? 맞아. 봄이가 말한 그 운명의 상대? 그런 사람이랑 같이 바느질하고 그랬는데."
뭐야. 이거 이거 똑같은데? 여름의 말에 나머지 둘은 놀란 토끼 눈을 한다. 평소라면 웃으며 '운명의 상대'라고 했을 봄도 놀라 입을 벌린 채 있었다. 다른 내용의 꿈들도 맞아떨어지자 봄이 등받이에 몸을 푹 기대며 스르륵 흘러내린다.

"와…… 너희 정말 운명의 상대라거나 그런 거 아니야? 막 서로
마주쳤을 때 느껴지고 전기 통하거나 영혼의 교감 그런 거 없어?"

"…… 딱히? 근데 정말 신기하다. 뭐지?"

"그러게. 왠지 친해지고 싶더니 이유가 있었네."

놀라운 사실을 알게 된 이후로는 셋 다 생각이 많아진 얼굴이었다.
몇 마디를 더 나눈 친구들은 나중에 보자, 하는 말을 끝으로 헤어졌
다. 집으로 가는 봄을 잠시 바라보다 겨울과 여름도 발걸음을 옮겼다.

겨울은 겨울대로 생각을 하고 있는 듯했고 여름은 하현의 존재가
마음에 걸렸다. 둘 사이에 오랜만에 정적이 찾아오고, 각자 생각에
잠긴 채로 함께 걸어갔다. 하지만 정적이 깨지는 데까지는 얼마 걸
리지 않았다. 겨울이 휴대전화 화면을 보여 준 것이다.
"여름아, 혹시 이거 너야?"

겨울의 휴대전화 화면에는 여름의 블로그가 띄워져 있었다. 저걸
어떻게 찾았지? 아니 그럼 내 글을 다 본 거야?

"어……? 어떻게 찾은 거야?"

"음, 사실 나도 블로그 하거든. 내 이웃이 한 꿈 이야기랑 네 이야기가 비슷해서 물어봤는데 맞구나?"

나랑 이웃이라고? 뭐야, 겨울이가 하현이야? 그럼 이야기가 맞는데. 어쩐지 글 분위기가 익숙하더라……

머릿속의 퍼즐이 맞아 들어가며 충격파가 재차 여름의 머리를 치고 지나간다. 정리되는 것 같으면서도 복잡하다. 집에 도착하고 침대에 몸을 던질 때서야 또 다른 사실이 떠올랐다. 쟤 그럼 내 옛날 흑역사들 다 보는 건데?

* * *

여름의 걱정과는 달리 흑역사라 생각하는 글로 놀림을 받는 일은 없었다. 여름이 블로그에 올린 글이라고 해봐야 조각 글이나 꿈 이야기가 전부였고, 겨울이 못 쓴 글로 놀릴 성격도 아니었으니까. 다만 변한 것은 있었다. 방학은 끝났고 선선한 바람과 함께 시험이 정신없이 몰아치며 학생들의 정신을 쏙 빼놓았다. 자연히 다른 반에 놀러 갈 정신도 없어지며 학교에서 봄과 함께 있을 시간이 줄어들었다. 그리고 그게 불씨가 되었다.

주말이라 같은 동네에 사는 겨울과 스터디카페에 간 날이었다. 자리를 잡고 문제집을 풀고 있는데 문제집 위로 쪽지 하나가 내려앉았다. 고개를 들어보니 봄이었다. 표정이 좋지 않았다. 쪽지를 펼쳐 읽은 여름은 그새 복도로 나간 봄을 쫓아갔다.

“봄아, 잠깐만. 봄아. 봄아…… 뽐?”

“몰라, 말 걸지 마. 가서 겨울이랑 놀아. 쳇, 둘이 잘 맞더만.”

“요즘에 너랑 안 놀아서 그래? 미안, 나 정신이 너무 없었어. 우리 다 바빴잖아.”

“겨울이랑 공부하러 갈 시간은 있고? 시험 한두 번 쳐본 것도 아니면서. 이때까진 나랑 잘만 다녔는데 걔랑 친해지고 나서부터는 완전 걔랑만 다니잖아.”

아주 틀린 말은 아니라 잠깐 멈칫한 사이 봄은 엘리베이터를 타고 사라진다. 와 이거 망했네. 어떡하지?

두 사람 사이의 긴장 상태는 며칠 동안 이어졌다. 대화를 해보려다 싸운 이후 여름은 상황이 나빠질까 봐 어쩔 줄 모르고 있었다. 봄은 지나가다 여름을 보아도 아는 척하지 않았고, 졸지에 다툼의 원인이 된 겨울도 시무룩하게 있었지만 세 친구의 사정은 중요하지 않다는 듯 무심히 시간은 흘러갔다. 정신을 차려 보니 시험 치기 전날이다.

“여름아, 잠깐 우리 집 들렀다가 갈래? 보여주고 싶은 게 있어.”

“지금? 음 그래.”

평소 헤어지던 갈림길에서 겨울을 따라가니 주택들이 이어졌다.

이리저리 두리번거리며 도착한 겨울의 집은 평범한 주택이었다. 대문을 열고 들어간 겨울은 주변을 살피더니 어디론가 뛰어간다. 다시 돌아온 겨울의 손에는 작은 털뭉치⋯가 아닌 조그만 흰색 강아지가 안겨 있었다.

"헉, 뭐야? 귀엽다."

"할머니가 키우시는 개가 새끼를 낳았는데 한 마리가 우리 집에 왔어. 꿈에 나온 강아지랑도 비슷하고 귀엽길래 보여주려고 했지."

"어? 정말. 얘도 환생했나?"

여름은 우스갯소리를 하며 강아지를 쓰다듬는다. 잠시 마음에 평화가 찾아오나 싶더니 의식의 흐름은 또다시 봄을 떠올리게 만들었고 여름은 다시 시무룩해졌다. 봄이가 강아지 진짜 좋아하는데⋯⋯ 멍하니 손만 기계적으로 움직이는 여름을 본 겨울은 어깨를 톡톡 친다.

"봄이 때문에 그래? 계속 기분 안 좋아 보이는데."
"응. 봄이가 강아지 좋아하거든. 보면 좋아할 텐데⋯⋯"

"음, 그럼 시험 끝나고 같이 와. 계속 이렇게 지낼 수는 없으니까. 내가 도움이 된다면 같이 풀어 보자."

"그러는 게 좋으려나……"

고민하던 여름은 이내 고개를 끄덕인다. 그래, 이렇게 지내다가 서먹한 채로 졸업하는 것보다야 싸우더라도 이야기하는 게 낫지. 그렇게 결심한 여름은 겨울에게 인사를 하고 집으로 향했다. 일단 시험부터 치고!

6. 봄-여름-가을-겨울

일정한 거리를 두고 걷는 봄과 여름의 사이에 침묵이 흐른다. 둘이 있을 때 한 번도 느껴보지 못한 어색한 분위기. 이게 처음이자 마지막이라면 좋겠다. 하고 여름은 생각했다.

"봄, 여름! 빨리 와."

대문을 열자 보인 겨울의 품에는 며칠 전에 본 강아지가 안겨 있었다. 슬쩍 옆을 보니 봄의 눈이 반짝이고 있었다. 겨울도 그것을 봤는지 가까이 오라 손짓했다.

"귀엽지? 우리 집 강아지인데 너한테도 보여주고 싶었어. 이름은 가을이."

"와 귀엽다…… 그런데 왜? 너희 방학 이후로 너네끼리만 다녔잖아."

"야~ 너 따돌리려고 그런 거 절대 아니야."

"알아! 아는데, 그거랑 속상한 건 다른 거잖아. 근데 그러고도 눌이 같이 매일 붙여 다녀서 ……."

봄이 말문을 트자 대화는 순조롭게 이어졌다. 겨울이 옆으로 빠진 사이 둘은 오해를 풀었고 끝날 때쯤에는 눈에서 눈물이 찔끔 삐져나왔다. 하지만 그만큼 말끔하게 풀어냈다. 강아지가 다가와 울지 말라는 듯 애교를 부리자 두 사람은 동시에 환한 웃음을 터뜨렸다.
"진짜 바보 같애. 진작에 이렇게 얘기했으면 일찍 풀었을 건데."
"그러게. 너랑 싸울까 봐 말 못 걸었는데."
"아, 그러니까 내가 나빴다?"
"아니, 그게 아니라!"

금세 웃으며 투닥투닥거리는 둘을 보고 겨울이 웃는다. 기분 좋은 가을 오후였다.

드디어 글을 마쳤습니다.

후기를 쓰는 게 가장 어려운 것 같습니다.

사실 한 번도 이런 장르의 이야기를 써 본 적이 없어서 잘 할 수 있을지 걱정이 되었지만 어떻게든 끝낼 수 있어서 다행입니다.

봄-여름-가을-겨울 어느 하나 없이는 사계절이 완성될 수 없겠죠.

이 글 속에 등장하는 모든 이들도 그렇습니다.

함께 있기 때문에 웃을 수 있고 행복했으리라 생각합니다.

여러분도 곁에 늘 함께 있는 누군가가 있어

하루하루 완성되는 게 아닐까요.

오늘도

내일도

행복하시길 바랍니다.

겨울을

향해서

'나도 작가' 책쓰기반 - 허태윤

작가명 : 허태윤

나이 : 중3. 16세.

나의 오랜 시절 꿈은? : 내가 느낀 점을 남에게 잘
전달하고 이야기를 잘 들어 줄 수 있는 사람

좌우명 : 흘러가는 대로 살자

나의 취미 : 소설책 읽기(판타지)

내가 좋아하는 가수 : AKMU

내가 좋아하는 음식 : 닭똥집

 처음 중학생 시절을 보내고 있는(보낼) 당신에게 :
때론 너무 바쁘고 때론 힘들지만
지나가고 나면 생각보다 별게 아니었더라 싶은 것.
누구나 잘 할 수 있는 그것이 바로 중학교 생활이다.

차가운 겨울 새카만 어둠으로 뒤덮인 어느 밤. 한 소년이 하늘을 바라보고 있었다. 옆에는 가지런히 놓여진 [우주의 계절]이라는 제목의 책 한 권이 있었다.

소년은 이미 읽은 책이지만 다시 책을 들었다. 한 장 한 장 책의 마지막을 향해 페이지는 넘어갔고 주변은 고요하기만 했다. 그렇게 얼마나 시간이 지났는지도 모를 기다림은 소년을 꿈으로 인도해 갔다. 소년은 꿈을 꾸었다. 행복한 꿈을 꾸었다. 그리고 기억했다.

소년은 달을 향해가고 있었다. 우주였지만 숨을 쉴 수 있었다. 주변의 인공위성들이 소년의 주위를 아슬아슬하게 지나갔다. 소년은 조금 당황했지만 이내 괜찮은 듯 헤엄치며 앞을 향해 나갔다. 점점 달이 가까워졌다. 소년은 자신이 읽은 책의 한 구절을 떠올렸다.

'소년은 바람이 자신을 달로 이끌어 주길 바랐다.' 이 내용을 떠올린 소년은 자신에게도 바람이 불기를 기도하고 눈을 감았다. 그 순간 정말 바람이 불어왔다. 소년은 생각했다 '여긴 우주일 텐데?' 바람은 따뜻했다. 소년을 휘감은 바람은 달까지 소년을 인도했다. 그리고 천천히 달에 소년을 내려둔 바람은 이내 자리를 떠났다. 하지만 소년의 몸에는 바람의 온기가 남아있었다. 따스한 바람의 도움을 받은 소년은 바람이 그곳에 어떻게 있었는지는 생각지도 못한 채 지구를 바라보았다. 지구는 푸른 별이라 불린다. 그러나 여기서 보는 지구는 푸른 별이란 짧은 단어에 담아내지 못할 아름다움이 있었다. 소년은 지구를 바라보다 문득 지구에서 다가오는 검은 형체를 발견했다. 그 형체를 향해 다가가려던 순간 소년은 문득 자신이 있는 곳이 자신의 방 침대 위라는 것을 깨달았다. 이 꿈은 무슨 의미일까. 그것은 무엇일까? 사람이었던 걸까? 그곳은 어떻게 바람이 존재했을까. 수많은 의문이 머리를 스쳐 지나갔다. 하지만 그 의문은 오래 가지 못할 것이다. 꿈은 기억에 오래 남지 않을 테니까.

서둘러 소년은 머릿속을 맴도는 의문을 지워버리고선 나갈 채비를 했다. 아침을 먹고 바깥을 향해서 발걸음을 내딛었다. 발걸음은 오늘따라 유난히 가벼운 것 같았다.

* * *

소녀는 생각했다. 그 소년은 누굴까 왜 저기 앉아 있었을까?

소녀는 매일 밤 같은 꿈을 꿨다. 길을 걷다가 자동차가 소녀에게 달려오고 소녀는 차에 치이지만 바닥을 통과해 우주로 날아간다. 그리고 그 끝에는 달이 있었다. 이 꿈은 한동안 매일 소녀의 잠을 장식했지만 내용이 바뀐 적이 없었다. 그런데 꿈이 변했다. 우주로 간 소녀는 혼자가 아니었다. 수십 번의 꿈을 꿔왔지만 소년이 등장하는 꿈은 처음이었다. 소녀는 그 소년이 궁금해졌다. 그리고 왜 자신의 꿈에 나왔는지 알고 싶어졌다.

그날 소녀는 평소 칭찬을 듣던 과목의 수업에도 집중하지 못했다. 모든 일을 하는 와중에도 그 소년을 생각하고 있었다. 밥 먹다가 숟가락을 놓치기도 하고 학원을 가는 버스를 잘못 타기도 했다. 겨우 하루 일과를 마친 소녀는 이상하다는 생각을 하면서도 다시 소년을 만나기를 바라며 잠에 들었다. 그리고 다시 꿈을 꿨다. 여전히 꿈속에 소년이 있었다. 그 소년은 말없이 우주를 우두커니 보다가 금세 사라졌다. 소녀는 소년을 만나보고 싶었다. 누군지 알고 싶었다. 그리고 궁금했다. 우주로 가는 이 꿈을 꾸는 이유를, 그리고 잠깐 등장하고 사라지는 이유를. 소녀는 방법을 고민하기 시작했다.

* * *

오늘도 소년은 달에 걸터앉아 있었다. 이 꿈을 꿀 때 소년은 이유 모를 해방감을 느꼈다. 해방감은 무료한 일상을 보내고 있는 소년에게 하루하루 즐겁고 행복한 시간을 만들어주었다. 너무나 조용하고도 반짝이는 곳. 까마득하게 펼쳐진 우주를 보고 있을 때 소년의 앞에 한 소녀가 나타났다.

"안녕?"

소녀가 물었다. 소년은 당황했다. 꿈속의 인물이 자신을 향해 말을 걸어오다니…… 소년이 심호흡하며 진정하더니 조금 가라앉은 목소리로 작게 중얼거리듯 물었다.

"이상하다. 여긴 꿈일 텐데?"

"그치 여긴 꿈이지."

"근데 어떻게 넌 그걸 알고 나한테 말을 걸지?"

"음…… 그건 나도 꿈을 꾸는 중이거든."

"뭐?"

"나도 지금 꿈을 꾸고 있는 상태라고!"

소녀가 소리치자 소년은 잠시 당황한 듯 서 있더니 곰곰이 생각했다. 여긴 꿈이고 저 소녀는 내가 만든 허상일지도 몰라. 하지만 내가 보고 있는 저 소녀가 진짜라면? 한참을 고민하던 소년에게 대뜸 소녀가 말했다.

"난 스피카라고 해 넌?"

"어어, 난 게우스."

"아직도 이해 못한 거야?"

"그러니깐 네가 나의 꿈속에 일방적으로 등장하는 인물이 아니라면…… 이건 공유몽인 거지?"

"음, 그렇다고 할 수 있겠지. 내 꿈에서 네가 보인 건 처음이 아니거든. 내가 이해하기로는 그래. 점점 가까워져서 오늘 드디어 말을 걸어 볼 수 있네. 그런데 난 곧 잠에서 깰 거야. 그럼 내일 꿈에서 또 보자."

그러고선 소녀는 사라졌다. 소녀가 사라진 자리를 보며 소년은 혼자 말했다.

"응 내일 봐. 그런데 그게 정말 가능할까?"

소녀와 소년은 다음날 정말 꿈에서 다시 만났다. 그들은 꿈에서밖에 본 적 없지만 마치 오랜 친구처럼 이야기가 잘 통했다. 매일 밤 잠들고 꿈에 입장하기를 기다렸다. 꿈속에서 하루의 이야기를 나누기도 하고 누군가를 욕하기도 칭찬하기도 때로는 싸우기도 했다. 그리고 오늘도 소년과 소녀는 새로운 주제로 대화중이었다.
그러던 소년이 갑작스럽게 소녀에게 물었다.

"우리 꿈이 아닌 실제로도 만날 수 있을까??" 소녀는 소년의 제안에 당황했다.
"뭐? 그게 가능한 걸까? 생각해 본 적이 없네."
"그래 오늘부터 계획 세워보자 어디서 어떻게 만날 건지!"

소년이 신난 목소리로 말하자 소녀는 당황하면서도 들뜬 표정으로 동의했다. 사실 소년만큼이나 소녀도 궁금했으니까.

"자, 그럼 어떻게 해볼까?"

* * *

신기한 것은 소년과 소녀가 살고 있는 거리가 얼마 되지 않았다는 점이다. 소녀와 소년의 집에서 15분 정도씩만 가면 중간쯤에 있는 공원이 있었다. 그곳에서 만나기로 했다. 소년과 소녀가 만나기로 한 공원은 너무나도 아름다운 공원이었다. 별빛처럼 빛나는 호수와 솔솔 부는 바람에 맞춰 흔들리는 나무들이 아름다운 공원이었다. 둘은 그저 꿈이라고 생각하면서 한편으로는 진짜인지 확인하고 싶었다. 날씨는 추웠지만 주말이라 공원에는 사람이 많았다. 많은 사람들 사이에서도 한눈에 서로를 알아볼 수가 있었다.

'세상에, 꿈이라 믿기지가 않는데 혹시나 해서 나도 나온 건데 네가 진짜 있다니.'

소년과 소녀는 둘 다 배가 고팠기에 식당으로 향했다. 걸어가며 어떠한 말도 하지 않았다. 그러나 서로 알고 있었다. 꿈에서 본 것이 잘못된 것이 아니고 여기 온 것이 후회할 일이 아니란 것을. 그리고 후회할 필요도 없단 것을. 꽤 짧은 시간이었지만 침묵은 꽤나 긴 시간처럼 느껴지게 만들기 충분했다. 결국 식당에 도착할 때까지 둘은 대화가 없었다. 다시 대화가 이어진 것은 음식을 주문한 후였다. 드디어 소녀가 말을 먼저 꺼냈다.

"진짜네……."

그러자 소년이 물었다.

"뭐가 진짜라는 거야?"

"나 정말 그냥 꿈인 줄 알았거든. 진짜 있었네."

"나야말로 신기하고 당황스러운데. 그리고 신기해."

"이미 통성명은 했지만 다시 한번 소개할게. 나는 스피카야."

"나도 말했다시피 게우스."

소개를 마친 두 명은 서로 잠시 말없이 서로를 바라보았다. 이번에 먼저 말을 꺼낸 것은 소년이었다.

"넌 이 일을 어떻게 생각해?"

"글쎄…… 너무 신기하고…… 이건 운명 아닐까?"

"넌 운명을 믿어?"

소년은 운명을 믿지 않았기에 진심으로 궁금해졌다.

"음……. 믿지는 않지만 믿을 수도 있겠지?"

"그게 무슨 말이야?"

"그러게. 나도 모르겠네."

소년과 소녀는 같이 웃었다. 그렇게 다른 주제로 넘어가고 대화했다. 그러고선 또 넘어가고 대화가 이어졌다. 실제로는 처음 만난 사이인데 꽤나 오랫동안 알고 친했던 것처럼 이야기가 잘 통했다. 꽤 시간이 지나 이제 집에 갈 시간이다. 인사를 건네자 소년이 핸드폰을 꺼내들며 조심스럽게 물었다.

"다음에 우리 다시 또 만나자. 언제?"

소년의 말에 소녀는 아무 말도 하지 않았지만 옅은 미소에 거부의 의미가 아니란 것쯤은 알 수 있었다. 그리고 그런 소년을 바라보던 소녀가 갑자기 생각났다는 듯 말했다.

"그런데 왜 꿈에서 다시 보면 될 텐데 직접 보자고 한 거야? 혹시나 못 만나고 허탕 칠 수도 있는데 말이야……."

"내가 읽은 책에서 비슷한 걸 본 적 있어. 그리고 그 책에선 주인공들이 직접 만나고 나선 다시 꿈에서 만나지 않았었어. 시험해 보고 싶었거든."

"아, 그랬구나."

"꿈에서 서로 잘 통했으니 현실에서 인연을 이어가고 싶었어."

"나도 괜찮을ㄱ……."

소녀의 말을 자르고 소년이 갑작스럽게 외쳤다.

"저…… 저기…… 이상한 게 있어!"

소녀는 소년이 가리키고 있는 방향을 향해 고개를 돌렸다. 그곳에서 공간이 일그러진 채 일렁이고 있었다. 일그러진 공간 속은 암흑이었지만 그 반대편의 밝은 빛이 그들에게 다가오라는 듯 환하게 빛나고 있었다. 두 사람의 눈에만 보이는 것 같았다. 저게 무엇인지 소녀가 들어가 보자고 했다. 그때 소년의 기억을 스쳐가는 기억이 있었다.

'소년은 1m가 넘는 일렁이는 공간을 향해 몸을 먼저 넣었고 소녀에게 괜찮은 것 같다는 표시를 했다. 두 사람은 검은 동굴 속을 들어가 빛을 향해 걸어갔다.'

책에서 이 내용을 읽은 기억을 떠올린 소년은 생각했다.

'왜 자꾸만 이런 일이 일어나는 거지?'

* * *

하지만 이런 생각도 잠시. 소년은 소녀와 함께 그 공간 안으로 몸을 던졌다. 생각보다 긴 공간이라고 생각했지만 이상하게도 시간은 짧게 지나갔다. 끝에 도달해 바깥을 향해 발을 내딛었다. 지면인 줄 알았던 바닥은 훅 하고 꺼져버리며 소년과 소녀를 아래로 떨어뜨렸다. 한참을 떨어지는 것 같았다. 그렇게 얼마를 떨어졌는지 얼마나 시간이 지난 건지 모른다. 그들은 알 수 없는 공간에 멈췄다.

이상하리만큼 충격이 없었다. 어떠한 피해도 없었다. 마치 어떠한 물리력도 없었던 것처럼 말이다. 소년과 소녀는 주위를 둘러보았다. 온통 순백색으로 뒤덮여 있는 끝조차 보이지 않는 광활한 이 정체불명의 공간에는 소년과 소녀 외에는 아무것도 없는 게 아닐까라는 생각을 했다. 바로 그때 땅의 일부가 미닫이문처럼 움직이더니 아래쪽에서 사무실에서 있을 법한 나무 책상과 함께 그 앞에 앉아 있는 사람의 외형을 가진 정체를 알 수 없는 한 존재가 말을 건넸다.

"이 공간이 어딘지 알고 온 것인가?"

꽤나 저음의 목소리를 가진 남성의 목소리가 들려왔다.

"모르는 건가? 그렇다면 설명해 주지. 이 공간은 세상을 바라보는 방이네. 이곳은 모든 것을 볼 수 있지. 너희에게 이곳은 잠깐 스쳐가는 공간이네. 원래 도착했어야 할 곳으로 보내주지."

그때 소녀가 급하게 말했다.

"잠시만요!

그러자 그 존재가 물었다

"왜 그러는 것이지?"

"묻고 싶은 것들이 있어요."

"말해 보게."

"당신은 누구죠?"

"내 이름은 시리우스라고 하네."

"그럼 당신은 여기서 뭘 하는 것인가요?"

"빛을 보고 빛을 만들지. 그리고 그 빛은 시간과도 연결되지. 시간은 곧 계절과도 연결되고, 우리의 생명과도 연결된다네."

"저희는 어떻게 여기로 왜!! 온 것인가요?"

갑작스럽고 신경질적인 소년의 질문이었다. 하지만 시리우스는 동요조차 하지 않으며 순순히 답해 줬다

"전달할 것이 있어. 내게 이끌려 온 거라고 할 수 있지."

소녀는 자신의 차례라는 듯 시리우스에게 한 발짝 다가서면서 다시 물었다.

"그럼 우린 원래 어디로 가야 했죠?"

"계절의 행성. 빛을 잃어버리고서 오직 겨울만이 존재하는 곳. 봄과 여름 그리고 가을의 균형을 맞춰서 계절을 복원해 주기 위해 갔어야 한다네. 그리고 한 발짝 물러나게. 그렇게 가까워지면 위험해 그곳까지가 내가 보호해 줄 수 있는 거리라네."

소년은 또다시 책을 생각했다 자신의 기억을 되짚어보고 기억을 거슬러 올라갔다

'소년과 소녀는 미지의 행성에 도착했다. 도착하기 전 만난 하얀 별의 가호가 없었다면 소년과 소녀도 여기 사람들처럼 얼어버렸을 것이다. 하얀 별이 행운을 빌어주며 나눠준 온기는 소년과 소녀에게 아주 따듯한 온기가 되어 주었다' (86쪽)

소년은 책 구절이 떠오르자 그 다음은 어떤 내용이었던가를 기억하기 위해 노력했다. 그때 시리우스는 그들은 불렀다 소년과 소녀가 다가가자 그가 말했다.

"지금부터 한 명씩 올바른 장소로 보내주겠네."

그러고선 소녀에게 하얀색 동그란 목걸이를 전달하며 말했다.

"내 온기가 널 지켜주길 바라겠네. 이 목걸이가 그대를 보호해 줄 거라네."

말을 마치자 소녀는 어딘가로 사라져 소년의 시야를 벗어났다.
시리우스는 그에게도 다가와 말했다.

"모든 것을 아는 소년 게우스. 나는 이 시간만을 고대해왔네. 잠시 대화를 좀 하고 싶은데."

소년은 먼저 이동한 소녀가 걱정이었다.

"스피카는요? 어딘지도 모르는 곳에 혼자 먼저 가버렸잖아요."
"걱정하지 말게. 공간을 왜곡시켜 시간이 걸리는 것처럼 만들어 둔 것뿐이라네. 몹시 안전하네."
"음, 전 이해가 잘…… 네…… 아무튼 알겠어요. 근데…… 잠시만요. 제 이름은 어떻게 아시는 거죠?"
"말하지 않았나. 꽤나 기다렸다고. 게우스 자네는 내가 유심히 지켜보던 존재라네. 자네의 운명은 매우 아름답거든. 조금 쉽게 설명해 주지. 내가 태어나고 꽤 시간이 흐른 뒤였지. 난 그때 우주의 수많은 것을 보고 그들에게 감사의 의미로 내 빛을 보여주었네. 그때 알게 된 게 운명을 보는 법이라네. 나의 빛을 어딘가에 보내면 그것이 도달했다가 돌아오며 내게 그것의 운명을 부분적으로 보여주지. 그리고 다양한 운명을 살피며 심심함을 달래고 있었지. 나 같은 존재들은 이 일상이 꽤나 지루하거든. 그러다 자네를 발견하게 되었어. 자네도 곧 내 말을 이해하게 될 것이네. 자네는 내가 보내주는 행성을 구원할 운명이네."

"어떻게요? 저는 그냥 평범한 아이에요. 특별히 공부를 잘하는 것도 아니고, 운동도 못 해요. 제게 그런 능력은 없는데 제가 어떻게 그런 운명을 가졌다는 거죠?"

"내가 말했지 않는가. 내가 보는 건 단편적인 운명이라고. 너와 내가 만나는 것도 그 운명에 포함되어 있어. 내가 당황하지 않았던 이유 또한 그것에 있지."

"무슨 말씀이신지, 전 너무 어려워요. 무엇보다 왜 하필 저인 거죠?"
"그것까진 내가 알 수 있는 내용이 아니라네. 그리고 알게 되더라도 모든 걸 알려줄 수도 없다네. 다만 난 자네의 성공을 빌어줄 뿐이지."

"제가 거부할 수 없는 운명이라는 거죠? 아, 뭐가 뭔지 사실은 모르겠어요. 이제 지금 그곳으로 가는 건가요?"

"그래 이 반지를 받아 가렴. 이 반지는 널 도울 수 있을 거란다. 하지만 너무 자주 쓰지 않아야 한다네. 이 반지는 세상에서 너의 존재를 지워 버릴 수도 있으니까."

"지워버리면 어떻게 되는 거죠?"
"아마 너를 이루는 그 육신이 사라지고 다른 육신을 통해 태어나게 될 것이야. 꽤나 고통스러울 것이라네. 전생의 기억을 가지고 새로운 삶을 사는 거지. 아무도 그것이 너인지 알아보지 못해 힘들 것이네. 그리고 다른 이들의 죽음을 보고만 있어야 할 것일세. 그러니 조심해서 쓰게. 다시 태어날 수 있다 하더라도 자네의 육체는 이 과정이 5번이 넘는다면 감당하기 어려울 거니까."

"그것도 운명인 건가요?"

"운명이 모두 실현되는 것은 아니야. 바뀔 때도 있고 다르게 실현될 때도 있는 거지. 자네가 여기 오는 과정도 완전하게 내가 본 운명을 따라온 것은 아니야. 그럼 이제 작별이군."

"네…… 나중에 꼭 다시 뵐 수 있기를 바랄게요. 아직도 묻고 싶은 게 너무 많아요."

"아니, 다시 직접 만나는 그건 좋지 않아. 하지만 날 볼 방법은 많으니 내 이름만 기억하면 되네."

"알겠어요…… 감사합니다."

"잘 가게. 그리고 소녀 또한 자네와 비슷하지만 다른 운명을 타고났어. 자네는 아마 어떻게 되든 어떻게든 소녀를 알아볼 걸세. 소녀도 마찬가지고. 그럼 잘 가게나."

그 순간 소년은 누군가가 잡아채는 느낌이 들었다. 빠르게 하강한다고 느끼던 소년의 몸이 요동치는 것을 멈추자 소년은 천천히 눈을 떠보았다. 주변을 둘러보던 소년은 어디로 도착한 것인지 알아챘다. 도착한 곳은 미로였다. 환상적인 분위기의 주황색 미로. 그 앞에는 소녀가 있었다. 미로에 들어선 소년과 소녀는 주변의 통로를 다니며 나갈 수 있는 길을 찾아다녔다. 소녀는 소년이 도착하기까지 꽤나 시간이 오래 흘렀다는 것을 알아채지 못하는 것 같았다. 소년은 아무래도 그 공간에 이상한 조작이 있었던 것 같다고 생각했지만 굳이 말하지는 않았다. 그러고선 다시 미로의 출구를 찾아 나섰다. 미로의 끝을 찾기 시작한 지 얼마가 지났을까 미로를 돌던 소년은 깜짝 놀랐다. 자신의 뒤를 따르던 소녀가 자신의 앞에 서 있었다. 그리고 다시 출발 지점이었다. 괜히 탈출하기 힘든 게 아니었다.

그때 갑작스레 괴이하고 소름끼치는 울부짖음이 들려왔다. 사람의 고통에 찬 외침 같기도 했지만 그렇다고 하기에는 갈라지는 소리와 괴성이 합쳐져 인간의 것이 아님을 너무나도 똑똑히 증명해 줬다. 이 소리를 들은 뒤 소녀와 소년은 몸이 움직이지 않았다. 마치 주문과 같았다. 그들이 겨우 움직일 수 있게 된 건 얼마의 시간이 지나서였다. 괴물은 소년과 소녀를 향해 접근 중이었고 소년은 그것을 알아차렸다. 그들은 재빨리 도망쳤지만 그들의 위치를 알 듯 그 괴물의 괴성은 조금씩 커져가고 있었다. 바닥에서 올라오는 지진 같은 진동은 그 괴물이 근처에 있음을 증명하는 증거였고 그 진폭은 가깝게 점점 커졌다.

점점 두려운 소리가 가까워질 때쯤 소년과 소녀에게 엄청난 크기의 바위가 떨어졌다. 그림자를 보며 죽었다고 생각할 때쯤 밝은 빛이 그들을 감싸 소년과 소녀를 보호했다. 다음 공격이 이어지기 전 소년과 소녀는 숨겨진 작은 굴 하나를 발견했다. 오래 망설일 여유 따위는 없었다. 그들은 1~2초 정도의 짧은 망설임 끝에 굴 속으로 몸을 던졌다. 굴의 끝은 암흑이었다. 다행히도 그 이름 모를 괴물은 끝까지 따라오지 않는 것 같았다. 안심이 되고나서 긴장이 풀린 소녀와 소년은 주변을 천천히 둘러보기 시작했다. 그저 검은 방. 빛이 존재하지 않아 검은색으로만 가득 차버린 이상한 검은 방이었다. 그곳은 출구도 입구도 보이지 않았다.

다만 소년과 소녀는 알 수 있었다. 이곳이 그곳이구나. 빛을 잃어버리고서 오직 겨울만이 존재하는 곳. 누군가의 노력과 희생이 필요한 곳. 소년과 소녀는 동시에 침묵했다. 소녀가 어떤 생각을 하는지 소년은 알 수 없었다. 다만 소년은 그는 본인을 시리우스라 소개한 자의 말을 계속 생각했다. 잠시의 시간이 소년은 선택했다. 본인이 희생하기로. 그것이야말로 본인의 운명이니까. 그렇게 마음먹고 방으로 한 걸음 천천히 내딛었다. 그 순간 검은 방은 환한 주황색으로 차올라왔다.

소년은 그 한가운데에 밝게 빛나는 구체가 되었다. 마치 태양과 같았다. 소녀는 그 순간을 모두 눈에 담았고 소년에게 잊지 않겠다며 약속했다. 그리고 다시 눈을 감았다.

* * *

소녀가 눈을 떴다. 소녀의 방. 침대 위다. 평소처럼 학교에 갈 준비를 했다. 소녀는 어느 순간 반복되던 꿈이 멈춘 것을 눈치채지 못했다. 아니 기억하지 못하는 걸 수도 있다. 단지 학교에서 수업을 듣던 중 과학 시간에 심한 두통을 느꼈다. 조퇴를 하고 집에 와 잠이 들었다.

얼마나 지났는지도 모를 한밤중. 소녀는 허기를 채우려 밖을 나와 편의점으로 가던 길 무심코 하늘을 올려 보았다. 깨끗한 겨울의 밤하늘. 그곳에 커다란 오리온자리가 있었다. 오리온자리 사변형의 왼쪽 위 꼭짓점에 있는 주황색 거대한 별이 시선이 멈췄다. 눈을 뗄 수 없었다. 소녀는 다시 두통을 느꼈고 무언가를 기억해 냈다. 한참 동안 소녀는 그 별을 바라봤다. 소녀는 별 베텔게우스를 바라봤다. 그리고 베텔게우스도 소녀를 보고 있었다.

※ 여기서 등장한 오리온자리와 베텔게우스에 대한 설명입니다.

– 오리온자리 :

라틴어 이름으로 Orion이라고 하며 천문학에서 사용하는 약자로는 Ori라고 합니다. 전체 약 60여 개의 별들을 한데 묶어서 부르는 별자리로 밝은 2개의 0등성과 그 중간에 같은 간격으로 늘어선 3개의 별은 매우 눈에 띄기 쉬워 겨울 밤하늘의 왕자라고 할 수 있습니다. 1년 중 가장 화려하고 가장 찾기 쉬운 별자리로 많이 알려진 별자리기도 합니다.

별자리 의미는 그리스 신화의 용사 오리온을 상징하며, 오른쪽에서부터 δ(델타), ε(엡실론), ζ(지타)로 2등성이며, 2만 ℃ 이상의 청색 고온 별입니다. 3개의 별에서 왼쪽 위에 멀리 떨어진 1등성 '베텔기우스'(혹은 베텔게우스)는 적색거성으로 실지름은 태양의 700배, 표면 온도는 약 3,700 ℃라고 합니다.
바로 이 글에 등장한 별입니다.

– 네이버 지식백과, 두산백과 활용 (https://terms.naver.com) –

글을 마쳤다. 쓰는 과정에서 상상하는 것은 많은데 그걸 잘 풀어내는 법을 모르는 나라는 생각이 들었다. 글 속에 복잡한 나의 머릿속이 들어가 있는 것 같다. 새로운 우주적 세계관을 염두에 두고 글을 쓰고 싶었는데, 사실 그 세계관 구축 자체가 정리되지 않아 어려움을 느꼈던 것 같기도 하다. 그러다 보니 마냥 동경했던 작가라는 일이 생각보다 엄청나게 많이 힘든 일인 것도 알게 되고 자연스럽게 내가 여태 읽어온 책을 쓴 사람들이 대단하다는 것도 뼈저리게 느꼈다. 1권만 가득 차도 장편소설이라 붙는 이유를 알 것 같다.

이 글은 겨울을 주제로 내가 좋아하는 별자리를 상상하며 풀어내보았다. 첫 책쓰기고 구성이나 마무리가 만족스럽진 못하지만 그래도 내가 처음으로 조금은 길게 이어 본 글이기에 시도했다는 건 꽤나 만족스럽다. 내가 바라오던 꿈을 이루기 힘들 것 같아 걱정이 되기도 하지만, 그래도 책을 꾸준히 읽는 것. 그리고 내 꿈을 이루기 위해서 시도하는 것은 멈추지 않을 것이다.

The End